U0659986

我的相关生活

何小竹　·著

Wo De Xiangguan Shenghuo

四川人民出版社

图书在版编目（CIP）数据

我的相关生活 / 何小竹著. —— 成都：四川人民出
版社，2025.1. —— ISBN 978-7-220-13957-4

Ⅰ. I267

中国国家版本馆 CIP 数据核字第 202420QQ23 号

WO DE XIANGGUAN SHENGHUO

我的相关生活

何小竹 著

责任编辑	唐 婧
封面设计	张 妮
版式设计	戴雨虹
责任校对	舒晓利　王 璐
责任印制	祝 健

出版发行	四川人民出版社（成都三色路 238 号）
网　址	http://www.scpph.com
E-mail	scrmcbs@sina.com
新浪微博	@四川人民出版社
微信公众号	四川人民出版社
发行部业务电话	(028) 86361653　86361656
防盗版举报电话	(028) 86361653
照　排	四川胜翔数码印务设计有限公司
印　刷	成都东江印务有限公司
成品尺寸	145mm×210mm
印　张	8.375
字　数	166 千
版　次	2025 年 1 月第 1 版
印　次	2025 年 1 月第 1 次印刷
书　号	ISBN 978-7-220-13957-4
定　价	58.00 元

散文难写（代序）

何小竹

作为一个写作者，我有尝试不同文体的兴趣。尝试了几十年，觉得散文是最难写的。写诗、写小说，乃至写剧本，作者都可以藏起来，藏在词语的背后，藏在人物或故事的背后。但写散文的时候，作为作者，你无处可藏。你的思想、境界、趣味，乃至人品，都会在字里行间暴露无遗。当然，聪明的人，有才华的人，也可以藏。但是，无论你怎样藏，都躲不过明眼人的眼睛。举个例子，胡兰成，我知道有不少人喜欢他的文字，但我读了之后就很不喜欢。他的确有学问，对人情世故也十分练达，遣词造句也颇有韵味和特色。他谈历史，谈国家、民族，谈宗教和文化，这些"大问题"的时候都没什么问题，是个很通透的人，尽管言谈间也显露出一些聪明、机智的卖弄。但就是当他谈及"小问题"的时候，比如与张爱玲的私情，那种"皮袍下藏着的小"就彻底地暴露出来。

所以，散文难写，不是难在写什么和怎么写，而是难在写的人，即你本身是个什么样的人。很多时候，与其说是文章有什么问题，不如说是自己在做人上存在着问题。但做人的问题，单靠写是解决不了的，还得靠做。做好了，自然就写好了。所以我觉得，人在年轻时和年老时，是比较适合写散文的。年轻时也许文笔幼稚，用词夸张，但还不失真诚。而年老时，该明白的已明白，该改正的已改正，加上无欲则刚，也容易表露真诚。最不堪的应该是中年吧。人在这个年龄段是最具欺骗性的，包括对自己的欺骗。貌似成熟，有经验，有见识，实际上心有千千结，被各种欲望所支配，被诸多利益所折磨，难舍难分。以此境况和心态行诸文字，其境况和心态必然于文字中流露出来，藏是藏不住的。但这个年龄段的人偏偏害怕这样的流露，总想藏起来，结果是越藏越伪善。我也正当中年，对此深有体会。当然，以年龄说事，并不准确和全面，只是就一般情况而言。或者说，只是我个人的一种体会和观察，难免偏颇。比如有的人直到老年，由于内心并无省悟，习惯性地文过饰非，也是常见的。

有人说，《圣经》是世界上最好的散文，我相信，只是我对《圣经》并无研究，所以无法言说其好在何处。也有人说，《史记》是世界上最好的散文，我也相信，而且，由于身为中国人，对《史记》并不完全陌生，但仍然因缺少研究，无法言说《史记》的好究竟好在何处。不过，从他人的言说中，我大致可以猜想出，《圣经》与《史记》作为散文的典范，应该与其朴素、真诚的文风有关。这种朴素、真诚的文风，与作者的人品和人格有关，即它们的作者便是朴素、真诚之人（不是圣徒也接近于圣徒）。这也让我更加觉得，散文难写，写作散文的门槛太高。但我也不因此而完全悲观。我还是想继续尝试这种文体，通过写而知不足，就当它是一面镜子吧。

目录

第一辑

与居家有关

男人都应该有一只工具箱

我老婆常骂我，这些年你洗过几次袜子？

但是我修了水龙头的啊。我说。

不仅如此，我还经常修理电插座、电风扇、衣柜门、安装电灯……更引为自豪的是，我备有一只现在好多男人恐怕都没有的工具箱。

有人说，会做菜的男人性感。但我以为，有一只工具箱，会修水龙头的男人或许还要性感一些。你看，家里要是水龙头坏了，水哗哗地流个不停，老婆或者女朋友显得惊慌失措，一个男人在旁边也是束手无策，女的满怀期待地看着男人，满心希望他果断地拿出解决的办法。男人慌了神，说，赶快打110。这男人在女人眼中肯定就不那么性感了，哪怕刚才还称赞过他炒的回锅肉好吃。但如果这时候男人不慌不忙地从他早就有备无患的工具箱里拿出一把钳子，再配上几丝麻线，几分钟便将哗哗流水的失控的水龙头弄得滴水不漏，那旁边的女人不定要给他多少额外的奖赏。你真棒！至少要如此这般的先意思意思。

据我所知，很多棒男人都擅长修理。爱因斯坦乐于帮老婆修理收音机；退休总统卡特会修理椅子；另一个退休总统克林顿喜欢修理拉链；比尔·盖茨擅长修理抽水马桶。而且，无一例外，他们都常备有一只工具箱。听说，普京走到哪里，都要将他那只黑色的工具箱带到哪里。因为哪怕是住总统套房，也难免要为第一夫人修一修电吹风什么的。

我是从结婚那天起，就有了自己的工具箱的。

当然，男人在备工具箱的时候，不一定要追求一步到位。量力而行，不要脱离自己的经济实力和技术能力有不切合实际、与自己不相般配的幻想，永远都是男人应该遵循的一个真理。比如，不要一开始就和普京、比尔·盖茨那样的大佬攀比。普京的工具箱里，我们知道是有几个特殊按钮的，这东西我们拿来也用不上，也就是大而无当的意思；比尔·盖茨的每一件工具估计都是有因特网接口的，这是时代环境使然，我们那时候连电脑都没有，什么接口啊更是想都不敢想的。记得很多年来，我的工具箱里就那么几件常见的工具，如：榔头、钳子、改刀、扳手、钢锯，加上铁钉、铁丝、螺丝帽、砂皮等辅材。简陋是简陋了一点，仍然把婚后多年来那些修修补补的事情给对付过来了。

前不久，我偶然进了一个酒吧，很意外地发现，这是一个像我这样的业余修理工们聚会的地方。这与其他那些男人俱乐部很不一样的是，大家几乎不在这样的场合说老婆的坏话，只是各自交换在家干修理工的心得。有时候也搞点非正式的讲座什么的，介绍一点新工具的用法，或者，相互探讨几个修理案例。我对探讨修理案例很有兴趣，因为那都是一个个生动有趣的故事。我还知道，像我这样的业余修理工们已经在互联网上有了自己的一个主页，还有"修理工 BBS"。不过，我不打算推荐大家去花费金钱和时间上网，而是愿意在这里向大家讲一些自己和别人的故事。毕竟，拿一张报纸看这样的故事，是很舒服的，我很理解。

平口改刀和梅花改刀

　　记得已经是比较晚了，我的工具箱里才有了一把梅花改刀。也就是说，较长时间里，都是一把平口改刀就解决问题了。改刀主要是针对螺丝钉的。早期的家庭里，螺丝钉的使用范围也不广泛。房门上的暗锁是用螺丝钉固定，还有衣柜门的铰链是用螺丝钉上的，别的好像用的都是普通的钉子。所以，一般用到改刀的时候很少，用榔头的时候多。由于那些螺丝钉一律的都是平槽的，也就没梅花改刀什么事了。

　　但是，后来的情况就越来越不一样了。随着家庭里电器的增多，也随着整个国家改革和开放的程度加大，我发现，就一把平口改刀很难适应了。先还不说用到梅花改刀的时候越来越多，就是平口改刀，你要一成不变地用一种型号，也对应不了那些大小型号各异的平槽螺丝钉了。我开始在工具箱里增添了梅花改刀。而且，不论是梅花改刀还是平口改刀，我都选配了各式的型号，以对应那些变化多端的螺丝钉。我最小的一把梅花改刀是当时买来修理电子手表的。就是说，这只电子手表是用最精细的十字槽口的螺丝钉来弥合其外壳的。没有这种几乎小如针尖的梅花改刀，就不可能打开这只电子表进行修理。

我觉得，这越来越是一个梅花改刀的时代。从收录机到电脑，到CD机和电风扇，每一颗螺丝钉都是带十字槽口的。要将它们拆开来，都得用梅花改刀，平口改刀根本没什么作用了。虽然如此，我的工具箱里仍然保留着几把平口改刀，且仍然在起着很关键的作用，那就是：开啤酒瓶。

开啤酒瓶本来是有开瓶器的，但我在家里用的都是改刀。好像我也买过专门的开瓶器，可总是要开啤酒的时候，根本就找不到开瓶器。从来就找不到。从来都是到头来只好打开工具箱，拿出平口改刀才解决问题的。这其实也体现了有工具箱的好处。因为我发现好多家庭里都是在要开啤酒瓶的时候，找不到开瓶器。但他们多数又没有工具箱。也就是说，没有平口改刀。于是，只好将啤酒瓶放牙齿上咬，或者往有角和边的硬物上磕。这真是常见的很狼狈的景象。

所以，判断一个家庭（或者说一个男人）有无忧患意识，就看他是不是常备有一把平口改刀。千万不要以为，已经是梅花改刀的时代，就不需要平口改刀了。

钳子的妙用

　　一个修理工熟悉钳子就像熟悉自己的指头。作为一个业余修理工，我曾经以羡慕的眼光观察过专业师傅如何摆弄手上的钳子，那种熟练、敏捷和富于节奏感的动作，像极了西部片中的快枪手。

　　在我还没有系统地建立工具箱的时候，也就是说，在婚前我就先有一把钳子了。我不知道有多少男人像我一样，在婚前就备有一把钳子。一般来说，婚前的修理活儿并不多，男人修修补补的生涯是从婚后才开始的。但是，我崇拜钳子。还是少年时代，就看了太多黑白电影中工兵用钳子绞断敌方铁丝网（有时候是电网）的镜头。所以，到我长大成人，很自然的，就有了一把属于自己的钳子。我喜欢用钳子绞断一根铁丝，以及让一根铁丝在钳子的作用下发生弯曲的那种感觉。但是，在婚前我并没有多少机会使用钳子，基本上，它的象征意义要大于实用意义。所谓象征意义，就是指它可能带给我某种精神上的寓意。比如，力量什么的。直到婚后，它才越来越多地开始派上实际的用场。

　　前不久，我女儿说，她的电子表不灵了。怎么回事？就是左边下方的一个按钮不灵了，导致时间显示出了故障。这是一只新款运动型电子表，不论是做工的精细，还是功能的新颖，都与我年轻时候所使用过的那种廉价、粗糙的电子手表不可同日而语。我拿着我工具箱中那把最精细的梅花改刀，看了半天，就是不敢下手。因为我已经有过那样的情况，就是将我老婆的手机拆开来，以为自己可以从中发现手机为什么不能显示菜单的原因。结果，非但原因没发现，拆了的手机要复原也竟然不可能了。这样，面对女儿的那只电子表我就特别谨慎。我把电子表搁在书房的桌上，有三天的时间，没事的时候就看着它思考。终于，在一天傍晚我将一本村上春树的小说读完放回书柜的时候，我想到了钳子。

　　实际上那天想到钳子也不完全是灵感和偶然。我将村上的小说放回书柜的时候，那把钳子就摆在书柜里面，村上另一本小说的旁边。我是前不久修完书柜门之后顺手放在那里的。于是，我马上想到，为什么不试一试钳子呢？事实上，事情的解决就是这么简单，不需要再打开电子手表，我用钳子夹住陷进去的那个按钮，轻轻地往外一拉，按钮就反弹出来，电子表的液晶显示又恢复了正常。此时，正是 19 点 45 分。

人人都爱"修理公"

　　我应约为报纸写的修理工系列，在报纸发表之后，也贴到一个叫"橡皮"的网上与网友交流。结果发现，人人都爱修理公。这里的"修理公"就是修理工，是一位叫虔仟仙儿的女性网友故意"笔误"的。她跟帖说——

　　　　谁要是帮我换个厨房的灯泡，我看着就心跳，还要故作紧张地扶着人家的腿……

　　　　谁要是帮我修个水龙头什么的，我那个感动，就想请客……请他在修好的水龙头下面洗洗手什么的……

　　　　谁要帮我把突然没气儿的电脑鼓捣好，我就不是感动了，我非嫁他不可，不要不成，不接受不成……

　　　　要不就帮我买个新的！

　　另一位朋友，小说家巴桥是这样说的——

　　　　作为一个有过修理经验并干过类似电工活计的人，我一度有过一个很高级的工具箱，当它展开的时候，折叠三层的匣子里摆满了各种型号的梅花改刀、平口改刀，以及套筒扳手、六角内旋扳手，等等，它们带给我的是有关重复劳动（譬如做上几百个电源插座）汗流浃背的回忆，我觉得那种劳作很好，它让我有一种很简单的成就感。写作就没这么好玩了，烦人得很。我现在没有那个工具箱了，在我的抽屉里，只剩下一柄梅花改刀（我们那称螺丝刀），一柄平口改刀，在大多数时候，它们足以帮助我完成我想做的事情。也是啊，要那么多把改刀干吗呢，两把，应该足够了。

看见巴桥的帖子，我知道遇上内行了。在后来的文章中，我倍加小心，不敢有半点托大和疏忽。而那位叫虔仟仙儿的网友又跟帖了——

男人真是万用的感觉，什么都要会，如果我遇到不会修拉链的男人怎么办？尤其是牛仔裤的拉链？像小竹一样用十个手指？

对仙儿的帖子，巴桥跟着道——

呵呵，何小竹对修理上瘾了，仙儿的暧昧让我嫉妒了……

之后，我有许久没将《修理工》往"橡皮"上贴了。却不想，还有人念念不忘。昨天，就在"橡皮"上看见一个叫玩二的分行帖子，她说，题目没想好——

关于修理

老公又有一件得意之事

事情的经过

我不细说

大致的情况是

他用一把梅花改锥

修好了家里

电脑的软驱

在此我要特别

强调一下

梅花改锥

因为何小竹曾在

他的关于修理

的文章中

提到过梅花改锥

所以当老公使用

梅花改锥的时候

我特别向他提到

何小竹曾写过梅花改锥

虽然梅花改锥

其实就是十字改锥

（如果我没理解错的话）

但是无疑

梅花改锥是一个更好听的名字

以至于

老公在使用梅花改锥的时候

我把他当成了一篇

浪漫故事中的主人公

而且从他当时专注的神情中

我确信

何小竹

关于男人都喜欢修理

的命题

是完全正确的

至于男人为什么喜欢修理

我想我还是不知道的好

　　一个叫研磨机的网友在玩二的帖子下跟了一帖，他说——
得了，男人都是软驱修理工。

你有锯子吗

锯子是过去常见的一件工具，用来锯木头的叫木锯，锯钢条的叫钢锯，其次还有改锯和圆盘锯。小学课本上说，锯子是鲁班发明的。发明锯子的鲁班是一个木匠，有一次他上山的时候抓住旁边的一株草想借力，结果手被草划了一道血口。什么草还咬人？鲁班是个有心人（大凡科学家都是如此），他开始仔细地研究起草的奥秘。结果，他发现草的边上是长了齿口的，原来咬人的就是这玩意儿。于是鲁班想，它既然能割破我的手，自然也能割破木头吧？再于是，鲁班发明了锯子。

知道这故事的人肯定很多，我在此饶舌真有点班门弄"锯"了。不过，有一点我却很有把握，现在的家庭里，能找出一把锯子的，恐怕不会很多。

很早的时候，我家隔壁是一家木器厂，这使我目睹了各式各样的锯子，以及使用锯子的人。最大的改锯要两个人拉。圆盘锯是电动的。我曾经捡回一块废弃的锯皮，我常拿这块锯皮在窗台、栏杆、门槛上锯出一些槽口，还自己用这锯皮做了弹弓和木头手枪。我为这锯皮着迷，以至于上小学开始树立人生理想的时候，我却无法选择长大了是做一个电影放映员（那时候的孩子没有不对电影着迷的），还是做一个木匠？

父亲是一位老资格的修理爱好者。泥工、瓦工、木工的家什一应俱全。锯子更是有好几把，根据其齿口的粗细和锯皮的宽窄不一样而分别派不同的用场。他最视为宝贝的是一把钢丝锯。这锯子的锯皮就是一根有齿口的细钢丝，是用来做精细活的，因为它锯起东西来转弯抹角特别灵活。他只要闲下来，总要找出一些东西来修理。椅子坏了，拿锯子锯一锯，就成了一只凳子。一张旧课桌，把四条腿锯短一点，就变成了茶几。父亲现在已经七十有余了。去年他从老家来到成都，住了还不到一周，就开始问我，你有锯子吗？我一听就知道他想干什么了。我说有。于是，我家立马变成了一个木工厂。他先是买了一些竹竿回来，在阳台上做了一排晾衣竿。然后又锯了一些木条，钉在厨房的墙上，这样一来，我的那些本来散乱在厨房的菜刀、锅铲、勺子以及筷子笼、洗碗布什么的，都可以整齐的悬于墙上了。他还兴致勃勃地要帮我把门后的暗橱改装出来。那暗橱原来设计是挂大衣的，而其实我们都没有进门脱大衣的习惯，我们的大衣都挂卧室的衣橱里。所以，那暗橱实际上是堆杂物的。父亲说，在暗橱里加上一些搁板，放杂物就不会像现在这么乱。但考虑到父亲的身体，不让他太过劳累，这建议被我婉拒了。

父亲也看出来，我家里的锯子实际上是一个摆设。那么，我为什么又搁了一把锯子在家里呢？当初买锯子的时候我想锯什么？说来不大容易被人相信，那是有一天，我突然想到了前面讲的那个鲁班的故事，于是就买了一把锯子回来。

目睹一次数字化修理

一种叫"爱虫"的病毒，毁坏了电脑的操作系统。或者所用的系统因为是盗版，命该绝矣，与什么虫都无关。总之是电脑坏了，朋友叫来他的朋友为我修理。

他随身带来了他的修理包，里面当然准备有各种软件的光碟和磁盘。系统被破坏了。怎么被破坏的？病毒，有可能。系统自身的漏洞，也有可能。他抽着我为他点上的香烟，全神贯注于屏幕。他正在进入"安全模式"。他将一张光碟放进光驱。开始读碟。现在需要安装吗？请按"继续"。屏幕上出现这样的对话框。他毫不犹豫地用鼠标点了"继续"。开始安装。在等待的过程中，我们聊天。话题并不局限于电脑。我们甚至谈到了婚姻与家庭。他说，他可能将要结婚了。我问，是现在这个女朋友吗？因为我知道他是有个女朋友的，前两天还听他说起过，他在网上为她购买了一部二手的电动单车。不，他说，不是现在这个女朋友。另外的？另外的。那现在这个怎么办？分手，他说。我们早就说好的，谁先另外找到合适的，就分手。原来这样，我点点头，也没好多说什么。但是，似乎他还想继续这个话题。他说，其实现在这个女朋友也是挺不错的。我问，是准备结婚的这一个？不是，他说，是准备分手的这一个。哦，我点点头，没有给予评价。

安装完毕。他又将注意力集中在游动的鼠标上。在各种参数和命令之间进行快速地选择。但是，当要重新进入系统的时候，键盘上的 Del 键怎么点击（甚至是比较粗暴的敲打）都没有反应。只好重新启动，并再次进入"安全模式"，在各种参数和命令之间进行选择。然后，再一次安装。等待。聊天。这一次的话题有关电影。

说起来，很多电影我都没看过。而几乎没有他没看过的电影。他热切地向我推荐一些影片。但是，他又说，你不要经常用电脑看影碟，这会很坏光驱。我说我很少。这说话间，安装停止了。读碟出现了故障。你的光驱有问题了，他说。那怎么办？面对这样的情况我毫无主意。再试一下，他说。于是退出光碟，他对准光驱口猛吹了几口气（我估计是吹掉光驱里面的灰尘）。然后，放进碟子，再一次进行安装。但是，光驱还是不能读碟。只好我跑一趟，他说，把我的光驱拿来换上去继续安装。说完，他风风火火地走了。

他带着他的光驱又来了。同时，他还带来了别的硬件，主板、硬盘、显卡。他说，以备万一。因为他发现我的主板上似乎也有了些小错误，尽管这个小错误目前还没有大的影响，但也说不定要出点什么问题。他找我要了改刀，拆下我的光驱，将他带来的新光驱换上。又开始安装。安装完毕。关机。再次启动，进入系统。但是，还是进入不了系统。怎么回事？他敲打着那个 Del 键，不停地敲打，并陷入了思考。

当然后来查出了原因，不是数字化问题，是主机里面有根连线忘了连接。他自个儿开心一笑，呵呵，犯了个低级错误。

冷兵器时代的修理工

　　我喜欢修理。但说穿了，我只算得上是一个冷兵器时代的修理工。

　　所谓冷兵器时代，在修理界是相对于数字时代而言的。我能修抽水马桶，最近还准备搞一个高难度的，修一修热水器。但要是家里的电脑坏了，我就一筹莫展了。每当我看着朋友滑动右手的鼠标调试着电脑的各种数据的时候，我的属于冷兵器时代的时代感就分外的明显。并非自卑，而是自觉，自觉自己是一个冷兵器时代的修理工。我常常对帮我修理电脑的这位朋友说，我们不是一个时代的人。朋友宽容一笑，少废话，去把你的梅花改刀拿来。他拿梅花改刀拆卸下电脑主机的机壳，这表明，我们还是有点共同语言的。

　　冷兵器时代让人怀念。我自己就明显地感觉到，几天不去逛一逛工具商店，心里就很失落。对货架上琳琅满目的"冷兵器"，我有一种近乎"偶像"的情结。如果再要扯上一点宗教情感，这情感接近"拜物教"。当然，对冷兵器时代的怀念并非如此简单、抽象。怀念是因为还有更生动的细节。是的，任何时代你都可以抽象为一个符号，为了某种方便。但我们之所以怀念一个时代，则是因为其生动到可触摸的细节。我对于我的冷兵器的修理时代的怀念，其细节就是，当工具接触到被修理物的各个部位时，那种可以抵达也能够想象的物理原理与属性。当然，还包括念念不忘的手感。相比而言，电脑的语汇中也有"原理"和"属性"这样的术语，但那"原理"和"属性"却是我这个冷兵器时代的人无论如何都无法想象，也无从抵达的。至于手感，已微弱到仅限于右手食指与鼠标键的一点点接触。

我的朋友继续滑动着鼠标。他若有所思的双眸紧盯着显示器，并自言自语地说，看看是物理问题，还是逻辑问题？他所谓的"逻辑问题"和"物理问题"，我是懂的，就是看看是软件出了问题，还是硬件出了问题。而所谓逻辑问题，也就是数学问题。因为我知道，电脑又叫计算机。电脑的一切原理，都建立在计算之上。开，关；再开，再关。二进制。这点粗浅的知识我还是有。但是，我无从想象，也无法抵达。

冷兵器时代的修理也要碰上数学问题，比如，更换一根水管需要丈量，长度多少，直径多少？两个水龙头（冷、热水出口）的间距，等等。但这样的"数学"问题一把软尺（最多加上一支铅笔）就足以解决。且是十进制的。

说到底，冷兵器时代其实就是一个十进制的时代。

修钟表的人

2002年2月初，我回老家县城过春节，发现十字街那个钟表修理铺不见了。

钟表修理铺是我少年时代神往的地方。坐在铺子里的三个钟表修理师傅，有一个是我同学的父亲。手表在那个时代是奢侈品，戴手表的人是有身份的人，修理手表的就更有身份了。不仅如此，他们擅长的这一门精细的技术活儿，也给他们罩上了一层旁人没有的光环。我曾问过我的那位同学，长大了干什么（就是有关理想之类的问题）。我那位同学回答说，做一名钟表修理师。就是说，子承父业。我羡慕得不得了。因为也只有他这样背景的人，才敢有这样的理想。而我父母都是教师，所以，我只好树立了将来做一名教师（而且是乡村教师）的理想。

三个修理钟表的师傅成品字形坐在钟表修理铺里，纹丝不动，神态安详。我同学的父亲坐临街的第一张桌子。后一排的两张桌子坐着两位年纪略小一点的师傅。他们桌上的台灯在白天都是打开的。台灯的灯光集中投射在桌面一只圆形玻璃碗上。被拆散的手表就浸泡在玻璃碗透明的液体里。离玻璃碗几公分的上方悬着的，就是修理师傅的那双让我们仰慕的手。这双手一只托住手表的机芯，另一只拿捏着一把闪亮的镊子。镊子伸进玻璃碗的液体，夹住一盘直径不足 5 毫米的油丝，移动到机芯的上方，然后稳稳落下，镶嵌进机芯的一个幽暗的槽口。镊子再次深入盛放手表零件的玻璃碗，夹起一块比指甲还小的月牙形金属片，放到镶嵌进油丝的那个槽口的面上。镊子在完成这一动作之后轻轻地抖动了一下。镊子又夹起一颗肉眼根本看不见的螺钉，将那一块月牙形的金属片在机芯上固定。到这时候，修理师傅才放下手中的镊子，也放下手中的机芯，并抬手将一只圆筒形的放大镜从左眼（有的师傅是右眼）上摘下来，稍事休息。

能够让人将那些以毫米为单位的手表零件看清楚的，就是那只圆筒形的镶嵌在眼眶上的特殊的放大镜。

在我小学快毕业的时候，我使尽手段，终于让我的那位同学从他父亲那里借到（也许是偷）那种放大镜，趁我父亲不注意的时候，偷了他的手表，将其拆散开来，尝试做一个手表修理工的感觉。感觉有两个，一是透过放大镜看见了一个奇妙的手表机械世界，二是那种特殊的镶嵌在眼眶上的放大镜让人很不舒服，几乎掉下眼泪。而结果只有一个，拆散开的手表怎么也不能复原，总是要多出些零件来。

剪刀，剪刀手

工具箱里没有剪刀。当正要用到剪刀的时候，却到处找不到剪刀。比如要剪断一根绳子，没有剪刀，只好用打火机。如果正好连打火机也找不到了，只好用牙齿撕咬。这样的情形经常出现。

不是没有想过要在工具箱里常备一把剪刀。而且，也确实放过剪刀在工具箱里。但就是要用剪刀的时候，总是找不到剪刀。我有时候实在不愿意用牙齿撕咬绳子，因为比不得年轻时候了，牙齿是一个中年男人生活质量的重要保证，也可以说是最后防线。因此，我宁肯多花一些时间去每个房间翻抽屉，也要找到一把剪刀。我一般来说是一个好脾气的男人，但一找剪刀我就像变了个人。我女儿说我像个暴君。我老婆说我像个疯子。我自己知道，找剪刀的时候我根本就是一个暴君加疯子。有一次，我拿着一支铅笔找剪刀，终于忍无可忍，发狠折断了手中的铅笔。

我老婆说，你想过没有，为什么要用剪刀的时候找不到剪刀？这样一问，我就冷静下来，开始思考这个问题。其实这问题一经思考就很简单，首先剪刀算不上是工具，男人们的工具箱里都没有剪刀。剪刀即使是一件工具，也是女人的工具，经常，在外婆和母亲的缝补筐里，都会有一把剪刀。这思路一理顺，为什么要用剪刀的时候找不到剪刀的答案就出来了，是老婆和女儿，她们在把剪刀拿来拿去的，以至于我要用剪刀的时候就找不到剪刀。她们当然不承认这个答案。我就说，那为什么我要用改刀的时候，我总是能够找到改刀呢？她们哑口无言，因为她们不用改刀。

但是，现实往往是这样，找到了问题的症结并不一定就能解决问题。我还是一如既往地在需要用剪刀的时候找不到剪刀。我为什么在外面很温和，在家里面很凶，原因就在这里。这使我想到了一部电影，《剪刀手爱德华》。那个叫爱德华的青年的两只手和我们长得不一样，长的不是手指，而是剪刀。他随时随地都可以伸手将街边的灌木、女人的头发以及宠物的皮毛修剪一番。其手法之灵巧，剪刀之锋利，令人惊叹。这电影看得很早了，以前也没怎么在意，现在才开始觉得，电影的导演，估计也跟我一样，经常在要用剪刀的时候找不到剪刀。就是这样的遭遇，为他提供了创造剪刀手这一角色的灵感。

老李在 2001 年

老李是我 20 多年的好朋友，比我年长几岁。我们是一个家乡的人，现在在成都又是邻居。1998 年，老李遭遇了一次车祸，在家休养了两年。2001 年，老李协助老婆承包了一家饭店的洗涤部。从那时起，老李喝酒、玩麻将的时候就很少了。我们虽是邻居，因各自的作息时间不一样，也少于聚会。到 2002 年春节，两家人聚一起，言谈间，老李总结说，2001 年是修理的一年。

老李讲了这样一个故事：

一台水洗机运转不灵，原因是轴承在衔接上总是不够灵敏。洗衣工人文化不高，也不找原因，只在出现故障时，将轴承硬推进去。这样以蛮力解决的方式，导致水洗机更加不灵，也就是人们常说的恶性循环。老李得知这情况后，亲自爬上水洗机，蹲在机器上观察机器的运转达半个小时之久。终于，他发现了问题所在。他从机器上下来，对工人说，给轴承上点机油。果然，轴承上过机油之后，运转就完全灵敏了。老李说，在2001年，这样的事情不胜枚举。幸好，老李在一番对机器太陈旧和工人太无文化的抱怨之后，面带得意之色地说，他还有一点钳工的底子。

老李曾经是记者和作家。但作为老朋友我们都知道，曾经的曾经，老李毕业于一所工业技校，并在厂里干了三年钳工。我不知道老李最终是在几级钳工上离任的，但对付几台水洗机，应该绰绰有余了。当然，老李自己也没想到，这门他早已丢弃的技艺，会在2001年重新派上用场。而我的脑子里，便经常出现老李蹲在机器上的情景。老李一般是个表情严肃的人，他蹲在机器上的表情也一定是严肃的。机器在他脚下颤抖和轰鸣，他竖着耳朵要从那些机器声中辨别出问题所在。在此过程中，他是否也如放电影般的回顾起过往从钳工开始直到记者、作家的那些生活呢？这是完全可能的。这也是一个知识分子蹲在机器上，他不可能如一个真正的钳工蹲在机器上那么单纯。他会多愁善感，甚至，会产生一种从起点又回到起点的荒谬感觉。但老李和我们都知道，真正的起点是回不去的。

老李说2001年是个修理年，一点不夸张。水洗机的修理是经常发生的这不说了。为了适应业务需要，老李又添置了三台微面车，加上自己原来开着玩的一辆轿车，一共四台车用于接件送件。这些车使用频率过高，也是三天两头出毛病。大毛病去汽车修理点修，但小毛病如果也往专门的修理点跑，钱不划算不说，时间上也耽误不起。老李决定自力更生，小病小痛自己解决。也就是说，2001年之后的老李，对汽车的一般故障是基本能够处理的了。他总结说，从来没这样累过，包括早年做钳工的时候，也没像现在这样感觉这么辛苦。我说是啊，曾经沧海嘛。况且，岁月也不饶人了。

多面手老何

　　老何是个圆号手，但小号他也能吹，倍大提琴他也能拉。不仅如此，他还是一个热心的修理工。剧团外出巡回演出的时候，他的倍大提琴箱子里，还塞进了两只小箱子，一只是医药箱（他义务充当歌舞团的团医），另一只就是工具箱。

　　巡回演出总是要走许多地方，演出许多场次。一个演出季下来，坏得最快最多的，就是舞台布景和一些机关道具。所以说，老何的两只箱子，一只是修物的，一只是修人（治病）的。他拿着一把改刀在给一块松垮的景片上螺钉的时候，有女演员来找他看病。他便打开旁边的药箱，取一些胃痛药给对方。那时候的女演员大多没结婚，胃痛其实就是痛经。老何虽然也是个单身汉，但他明白这一点，所以，他给女演员准备的胃痛药，主要也是治痛经的药。然后美工来找到他，说要和他一起将制造枪声和烟火效果的机关改进一下。他于是又拿上工具箱，和美工一起摆弄那些充满了弹簧、卡子和撞击机关的舞台效果器。

有一次，黄昏，吹巴松管的老刘坐在飞驰的装运道具的货车顶上，一只飞蛾迎风撞进了老刘的耳朵孔。老刘痛得乱叫，便叫来了老何。老何捧住老刘的头，口含一只小手电筒对着老刘的耳朵孔看了看，一下就找出原因，说那只飞蛾还是活的，老刘的疼痛来自飞蛾翅膀的扇动。于是，他找到化妆师，要了一点卸妆的菜油，灌了两滴进老刘的耳朵。老刘一下不痛了。老何说，是菜油粘住了飞蛾的翅膀。然后，老何从工具箱里取出一把镊子，将那只莽撞的飞蛾从耳孔里夹了出来。

我拉大提琴是老何教的，所以，我的大提琴如果出了什么毛病，比如琴码断了，琴弓的松紧螺丝滑丝了，理所当然的是老何的责任。我只要说又坏了，他就得帮我修。更神奇的是，老何还会针线活儿。女演员的牛仔裤拉链坏了，也要来叫老何帮着弄一弄。我们那时候巡回演出不住酒店，而是睡舞台，所以得自己带被子。那时候被子的被套不像现在是活动的，而是一针一线缝上去的。好多女演员还不会缝被子，遇上被子散线了，还得叫老何。老何穿的毛衣，也全是老何自己织的。

但就是这样一个心灵手巧的老何，有一次自己的圆号坏了，却怎么都修不好。团长问他为什么修不好，他眼睛看着一边，说修不好就修不好，语气生硬得出乎意料。这事情弄得好几场演出都缺少圆号这个声部。这可不算太小的事。书记便找到老何要关心一下。名为关心，实际上是找老何谈心，了解老何的思想情况。脾气一贯很好的书记几次谈话下来也失去了耐心，对团长说，这家伙的思想该修理一下了。

那么，是什么原因让老何修不好自己的圆号？十多年过去了，还是一个谜。

调音师

　　歌舞团从重庆买回来一台钢琴。轮船把钢琴运到涪陵码头，歌舞团的汽车自己去把钢琴从码头运了回来。拆箱之后，钢琴被摆放在舞蹈练功房。歌舞团的团长叫来钢琴师，一个刚从大学分配来的女孩，让她弹一曲给大家听。女孩揭开琴盖，斜倚着她苗条的身体，很随意地在琴键上划拉了一下，几个调皮的不谐和音停歇之后，女孩白了一眼团长说，还没调音怎么弹？团长很惊愕，你不会调音？你在大学都学什么了？一旁看热闹的吹圆号的老何才给团长解释，钢琴系的学生是不学调音的。调音有专门的调音师。

　　团长要老何找一名调音师来。老何说，那要去重庆出一趟差。只有重庆才找得到调钢琴的师傅。老何是重庆人，趁此机会公费回家玩了几天。老何回来的时候，旁边跟了一个比老何还像艺术家的人。老何介绍说，这就是郭老师，调钢琴的师傅。大家一看，郭老师个子不高，但头发留得很长，脸上还挂着一把那年代艺术家流行的大胡子。看人的时候，面部的表情也很深刻。尤其当他被带到练功房审视和触摸钢琴的时候，虽说其职业只是个调音师，但派头却完全可以盖过一名演奏家。

弹钢琴的女孩被团长派去做郭老师的助手，原因一是团里就她与钢琴的关系最近，毕竟这钢琴最终还是她专用嘛；同时也不排除团长有让她借此学门手艺的想法。团长还意味深长地说，老杨就是自己调音。老杨是团里打扬琴的。扬琴的弦不比钢琴的少，老杨都能自己调音，女孩为什么不能？关键还是看一个人好学不好学。

调音师郭老师开始干活了。每天都有不少人围着钢琴和郭老师看。郭老师在此情景之下，其举手投足更具表演性。他的工具箱就摆在他的脚边，但他从不自己弯腰去拿任何一件工具。他总是眼睛专注地盯着钢琴，微微侧着耳朵，到需要的时候，他只简短地说出一件工具的名字，女孩就从工具箱里找出那件工具，递到他摊开的手上。这样的风采我只在电影上看过，外科大夫做手术时就这样。虽说是递工具这样简单的活计，但女孩也有不能应付的时候。比如有一次郭老师说"调音锤"，女孩听是听见了，却半天不能动弹。显然，女孩不知道调音锤为何物。这样的时候不免会惹得郭老师冒火，而女孩也会很委屈地流出眼泪。

郭老师调好钢琴后就要试音。郭老师坐在琴凳上试音，但那哪里是一个调音师在试音，完全是演奏家在演奏。他头发飞扬，手指飞舞，高潮之处还要将屁股在琴凳上腾空而起。女孩站在一大帮看热闹的人的前面，因为她是调音师的助手，她还得站在离调音师最近的地方。但是，她脸上的表情好像对调音师的演奏并不以为然。过后，团长就叫女孩，你也弹一曲来听听？女孩不弹，转身就走了。

再后来，女孩开始每天为练舞蹈的演员伴奏。当又需要调音的时候，团长也不再为难女孩，而是找到老何。老何也不再借故公费回重庆了，他自己已经可以调音。郭老师当年调音的时候，老何一直抱着他的圆号在旁边看。老何看什么会什么（顺便说一句，我在歌舞团原是拉二胡的，后来半路出家拉大提琴。而教我拉大提琴的师父就是吹圆号的老何）。老何是个多面手。

电炉事件

现在，烧电炉的已经不多了。但在上个世纪 70 年代和 80 年代，用电炉煮饭、烧水乃至取暖，是时髦和流行的。很多人成了电炉专家。从自己装配电炉、修理电炉，到因烧电炉而修理保险丝和在电表上做手脚以达偷电的目的，很多人是这方面的专家。谁发明了电炉？我们都不知道，就像我们都不知道谁发明了筷子一样。我们只是享受着电炉带来的方便，甚至刺激。

发生过许多电炉事件。我先讲自己亲历的两个。一个发生在我 6 岁的时候，我们家刚刚有了一只电炉。在有电炉之前，我们家是用火盆烧炭取暖的。有了电炉之后，母亲多次告诫，不能用火钳去接触烧红的电炉丝，因为那不是火炭。母亲越是这样告诫，我越是想用火钳去接触电炉丝。这是一种愿望。一天，父母均不在家，我有了实现这个愿望的机会。我拿起火钳往红彤彤的电炉丝上放下去。随即我便大叫一声，妈妈我错了。火钳被我撒手丢在了地上。但当我回过身来，我的身后并没有人。在我将火钳接触到电炉丝的瞬间，就感到双手被人狠狠地击打了一下，我以为是妈妈回来了，是妈妈见我不听话而击打我。虽然马上我就知道了并非这样，我的越轨行为并没有被人发现，但我被击打了却是事实。我还没正式上学，还不懂电的知识，但不能用火钳去夹电炉丝，这常识和告诫已经由我的身体验证了。

另一个事件发生在我工作以后。虽然不是直接发生在电炉身上，却是与电炉有关的。这就是前面说的，为了烧电炉，在电表上做手脚偷电。具体做法是，揭开电表下端的盒盖，将其中一个金属搭钩的螺丝松开，让搭钩的一端脱离。这原理很简单，当这只搭钩脱离之后，电炉怎么烧，电表盘上的数字都不会走动。一般，我们是要到月底查电表之前一周，将松脱的搭钩重新搭上去。为什么要提前一周？因为毕竟不能让电表一个数字都不走，那样是会露马脚的。事情就出在查电表上。那次查电表的时间被人为提前了，就是通常说的，我们被搞了次突然袭击。我和另外一个同事得知情报后飞快地往宿舍跑，企图抢在检查之前将搭钩复原。结果是，搭钩被我们在很短的时间内用熟练的技艺复原了，但电表盘上的数字却与上月的记录一样。我们的马脚露了出来。

再一个非我亲历的事件是前两天才听说的。

那是在一次酒席上。酒过数巡，朋友 M 说，我要揭露萨达姆的电炉事件。此萨达姆非彼萨达姆，而是朋友 X。因其长相与彼萨达姆相似，故得此绰号。只见萨达姆说，这事大家都知道了，没啥好揭发的。朋友 M 却说，至少何小竹还不知道，再揭露一次也是可以的：一次，萨达姆请 M 去宿舍吃自己做的火锅，火源就是一只电炉。吃到高兴处，电炉坏了。M 说，赶快修理。萨达姆却以内行的口吻说，不好修，没有万能表。萨达姆现在虽然是个处级行政官员，但 20 多年前却是毕业于某师范学院物理系的。M 起初也信以为真（毕竟不烧电炉已经多年），但当他刚起身准备去买只万能表的时候，他首先想到的是，买一只万能表的价格可以买一只新的电炉了，这买卖不能做。他硬着头皮说，从没听说过修电炉要万能表，让我来。事实是，M 仅仅用了一把钳子和改刀，就把电炉修好了。

这就是一度在朋友间广为传播的萨达姆的电炉事件。

电风扇和抽水马桶

有一天，乌青来我家玩，说他的 VCD 机读不起碟了，抱去修理店，师傅说开机就要 20 元。乌青舍不得那 20 元，没敢修。我说这很简单，自己用一把梅花改刀把机壳打开，用棉签蘸点自来水在激光头上来回抹几下，就行了。我说我的 VCD 机就是这样修的。我还告诉他，我修理电风扇更有意思。去年我用的电风扇坏了，以为自己能有所作为，打开来一看傻眼了，根本就无从下手，只好原封不动将打开的机身合拢。结果，一插电源，奇迹出现了，电风扇又可以转动了。后来，只要电风扇不转了，我就打开来，什么也不干，然后原封不动地又合拢去，一插电源，就好了。而修理电吹风的经历更是妙不可言。经验告诉我，当电吹风在你吹头发的时候突然坏了，你根本什么也不要做，只要将电吹风收起来，放一个晚上，第二天你再吹头发，又好了。

但也不要以为，家里面所有的修理活都如此的好运气。修理抽水马桶，我就修理得很厉害。凡是打开过抽水马桶水箱背盖的都知道，那里面涉及许多物理知识，起码是高中一年级的水平。比如传动学、浮体力学，等等。

再说我家的抽水马桶，问题出在冲了水关不住水。结果，每次都要经历这样的程序，等着冲完水，马上揭开水箱背盖，用手将那个橡皮垫压下去。之前，我已修理过抽水管和浮球柄连接处的漏水问题。很简单，用一只塑料浴帽将那关节处罩上，水就不会乱喷了。但这次的问题是，橡皮垫在冲水时被按钮拉起来之后，却不会自动地随着水箱水位的下降而压回去。我将头埋在水箱上反复实验和观察，终于找到了原因。我开始着手修理。实际上也很简单，就是调整一下橡皮垫和按钮之间那根连接线的松紧度。修完后我自己又按动了几次，没问题了。但是，只要每次我老婆一按，准出问题。而我自己按就没有问题。我告诉老婆，按这按钮要有一种手感，按的时候，要用心体会手上的细微感觉。但老婆坚持认为，这还是没有修到位的原因。因为，如果修理到位了，哪里还需要什么手感？她还讽刺我，你见过有哪种抽水马桶的广告上说了，使用的时候请注意手感？

这一次，我没有为自己的修理技艺强词夺理。我老老实实地花钱请来了专业修理工。倒是这哥们儿给了我面子，他说，这样的水箱早过时了，要换个新的。

不修理，毋宁死

最近没什么修理活，该修的已经修了，修不好的也修不好。那只电热水瓶的自动电压阀早就不能用了，一直是手动压水。我准备当手动压水阀也坏了的时候，就买一台饮水机，这样也好改喝自来水为喝纯净水了。像电热水瓶这样等着改朝换代的家用电器还有好几件，都是勉强在运转，因想到反正已经有了改朝换代的主意，便懒得去修理了。

没修理的日子是萎靡不振的。上升到一个高度看待，就是对世界漠不关心，对生活缺少激情的一种消极状态。在有修理的那些日子就不一样了。比如，专心修一只手电筒（别看这活儿简单）的时候，心中一直期待着一道光亮的出现。而我已经很多年不用手电筒了。有时候我也搬出工具箱来看看，看着那些扳手和改刀，我就问自己，难道就这样消沉下去？

那些熟知我热爱修理的朋友对我十分关心，见面总要问我，最近又修理什么了？我如实回答，最近没什么修理活。他们已经看出我的苦恼，却也爱莫能助，便拍拍我的肩膀，允诺如果家里有什么东西坏了，一定首先想到叫我去修理。但事实上，这样的机会是永远没有的。就算他们家里有什么坏了，也不会通知我。朋友们思想上想帮我，但行动上又怕麻烦我，甚至累着我。他们还是宁愿花钱去请专业的修理工。这一点我十分清楚。

我连书也不读了。我以前总要读一些修理方面的书籍，尤其对新版书是见了必买，买了必读。现在突然觉得，读书已经索然无味。电视我也不看了。遥控板坏了几次，经过修理，勉强可以换台（依顺序换，要跳着换却不行），其余功能均要跑电视机前手动操作，让我觉得看电视是一件特别麻烦的事情。我开始买方便面吃。不是我懒得做饭，是因为抽油烟机老是漏油，每一次做饭的时候漏出来的油都要滴在我的头发上，给人十分不舒服的感觉。但要修理抽油烟机，其工程的浩大是我目前的心境根本适应不了的。现在是冬天了，我却没开空调。不知是什么原因，去年空调还能出很热的风，今年却总是不冷不热的，这样的风吹在身上更叫人心灰意冷。我就这样窝在寒冷的房间里，也不打电话，电话的免提功能早坏了，要把电话听筒拿起来拨号，这很不方便。而我从来就没修理电话的经验，这个时候要去尝试修理电话更是不可能。有朋友打电话来，问，你怎么了？最近连电话也不打一个？我说，电话的免提坏了。朋友"哦"了一声，也不好多说什么。

不修理，毋宁死。有一天我突然想起了这句格言，竟然激动得彻夜未眠。在那个漫长的失眠之夜，我已经深刻地认识到，不能再这样消极下去，是到了打起精神来修理点什么的时候了。

帮老婆修拉链

　　这事情发生在户外。也就是说，在我没有携带任何工具的情况下，老婆的拉链坏了。

　　是皮包的拉链。那只黑色的皮包里不仅装着她的口红、眉笔、小镜子、手机和乱七八糟我不知道的别的玩意儿，最重要的是，还有钱夹。皮包的拉链就是在要取钱夹的时候，才发现坏了，怎么拉也拉不开。

　　我们站在某商场卖服装的柜台前。取钱夹是为了买一件我看中的 T 恤。也就是说，要买这件 T 恤，非得帮老婆修好拉链。因为我自己身无分文。但一开始我就打定主意，放弃那件 T 恤。我太了解拉链，要是它坏了，就算有工具，修理起来也是个精细活儿，何况眼前面临的处境是没有携带任何一件工具（这时就体现出普京要将他那只工具箱随身携带的必要性了）。

　　不行，我老婆说。她一定要取出钱夹，帮我买下那件 T 恤。我说不买也行。她说一定要买。我说何必呢？改天买也一样。但是她说，手机响了怎么办？我这才意识到，包里还有她的手机。而爱给她打电话的人，主要是那些爱打麻将的人。我这才觉得事关重大，已不是要不要买 T 恤那么单纯。情急之下，我想到了求助专业人士，找街边那些修补匠。

于是我们走出商店。

这是 2001 年的成都，要在闹市区寻找一个修补匠已经不是一件容易的事情。而以前修补匠们总是云集在闹市区的。我们从春熙路走到东大街，又从东大街穿出科甲巷，都没有看见一个修补匠。大约是几个月前，这些很眼熟的修补匠，已经被"市容办"的人从街面上清理掉了。可能是他们搭在膝盖上的那条围腰太脏太破烂了，有碍市容。可我觉得那样的围腰恰恰是干修理这一行的专业体现，我很崇敬那样的围腰。

话说远了。我和我老婆又走上蜀都大道，还是不见一个修补匠的影子。这时候，我决定自己动手修理。因为包里的手机已经开始响个不停了。我说我得坐下来修理，于是很干脆地就坐在了亨得利钟表店门口的石阶上。老婆没有反对。情况紧急，她已经顾不上像平常那样责怪我会弄脏裤子。

过程就不说了吧。反正结果是我把拉链修好了。没有工具，就靠 10 根手指，甚至 10 根手指只用到了十分之三四。我老婆在看见拉链被拉开的那一瞬间佩服得不得了。事实再一次证明，热爱修理的男人，是容易于平凡中见出魅力的男人。

换锁记

那锁其实也不是不能用，只是有点不稳定，随天气的变化而变化。比如，下雨的时候门就不能自然带上，要用钥匙才行。估计就是热胀冷缩的原理。于是我决定换一把锁。

我是在附近菜市场的一间五金建材铺买的锁。买回来的时候，路过门房，还做了个预约登记，让小区的专职修理工老李来帮我换锁。但是，不知什么原因，老李一天不来，两天不来，我等得有点不耐烦了，决定自己换锁。我知道换锁不比得换灯泡，是有些技术含量的。但我毕竟是写过"修理工"专栏的人啊，我这样想。于是，就从工具箱里找了一把梅花改刀，先把旧锁拆下来。在拆锁扣盒的时候颇费了一些周折，原因是装修的时候是包了门套的，一颗固定住锁扣盒的螺钉被包在了门套里面，不先车出这颗螺钉，锁扣盒就拆不下来。而要车出这颗螺钉，就得在门套上戳出一个孔穴。我的工具箱里从来没有备置戳刀，为了戳这个孔穴，我用上了平口改刀、钢锯皮、剪刀，甚至还用上了厨房里砍骨头的菜刀。孔穴戳出来后（这过程其实蛮长的，其间还多次用衬衫的衣袖和下摆擦额头上的汗水），我便将改刀伸进孔穴去拧那颗螺钉。拧了半天，拧得动，却出不来。我有点生气。但马上冷静下来，并判断出是螺钉滑丝了。我决定硬来，便用剪刀插进已经有些松动的锁扣盒与门套之间的缝隙，往下撬。最后，干脆一榔头，将已经撬出一半的锁扣盒两下就敲落到地上。这时候，我感到了一丝痛快。

我拿来新的锁扣盒往那位置贴。糟了，我暗自一惊。新的锁扣盒上安装了一个挂链（安全链），这个多出来的玩意儿使得新的锁扣盒无法塞进旧的锁扣盒的安装槽口。怎么办？我想了想，决定把这个挂链搞掉。挂链由8个钢环（开始我以为是铁，后来才发现是钢）组成，连接锁扣盒最里端的那个是圆环，其余的都是椭圆环。环上看得出有交接的缝隙。开始我有点轻敌，以为拿钳子就可以将环口撬开。发现不行（锁厂确实是负责任地用了真钢），只好耐起性子，拿钢锯皮在上面锯。这个过程就不说了（总之我想到小偷也可能会如此吃力便有点高兴），直接说把这个挂链从锁扣盒上搞掉之后，我终于将其安装进那个槽口，并用螺钉固定。这样，我就开始拆门上的锁体了。

抽不抽支烟呢？在进入这道工序前，我站着犹豫了一下。算了，一鼓作气。我精神一振，又拿起了梅花改刀（其间因螺钉的差异换了一次平口改刀），三下五除二，拆下了旧的锁体（也包括锁头）。到了这一步，我才逐渐地意识到，换锁的技术含量才开始真正地显露出来。我有点不自信了。而且实话说，这也是我生平第一次自己动手换锁。于是，在安装新的锁体和锁头的时候，我看了安装说明书。其说明如下：

将锁头套在锁头圈上，摆正锁头方向（商标朝上）从门外装入孔内，然后锁头与锁头固定板用螺钉固定，传动条伸出门挺6－12mm（传动条及螺钉过长可截断）。用钥匙插拔，旋转锁头须灵活。接着，安装锁体。安装锁体时应用钥匙在门外转动试验是否灵活、顺畅。然后，固定螺钉。

按照这个程序，我开始操作。现在，我说一说操作中遇到的问题和困难。先是在试装的时候，发现转动条过长，使锁体无法贴近门上的固定板。依照说明书的指导，我决定截断一截转动条。这个做起来也并不那么简单容易。如果是在正规的工场，或者是在专职的修理工手上，肯定几下就搞定了。但我只有一把钳子、一把榔头和一根锯皮。我用钳子将其夹住，又是锯又是敲，又是一身的汗，才大功告成。然后，发现螺钉也过长了。我又用截断转动条的办法，十分费力地又将两颗螺钉截短一截。但由于截螺钉的时候钳子夹在螺钉上，将螺钉的丝口夹变了形，结果，螺钉不能用，只好用拆旧锁时拆下来的旧螺钉。为什么早没想到一开始就用旧螺钉呢？这大概就是所谓的思维误区吧。我有种被自己愚弄了的感觉，但无心生气，并且再一次打消歇下来抽一支烟的念头。就在我准备将锁体最后用螺钉固定的时候，一个毁灭性的问题才突然浮出水面：固定板上原来的螺丝孔于新锁的螺丝孔在其孔距上有差异。也就是说，螺丝孔对应不了，螺钉就没法拧上去，锁体也就固定不了。还搞什么搞？这次我是真的生气了。又是自己愚弄了自己，我以为行业标准是实行到门锁这一类产品了的，因此，所有的锁都应该是标准的尺寸。而且，买锁的时候，我还问了卖锁的老板。他也很内行地点头说过，是这样的。

好了，到这时候，我才说服自己，先抽一支烟再说。等到这支烟抽完，我于绝望中将新锁拆下，又将早先拆下的旧锁重新安装回去。

我们在卫生间里能干什么

　　家里的卫生间，兼具厕所、盥洗和浴室的功能。那么，我们在这样的一个房间里能干些什么呢？我听说，有作家是习惯于蹲在马桶上写作的。我没有这样的癖好。但有不少书，我确实是在卫生间里读完的。一本书搁放在马桶前的一个小台板上，每次读上一段，大约上十来次卫生间，这本书就可以被另一本新书替换了。

　　我们的卫生间设计向来就很吝啬，马桶、盥洗台、淋浴房或浴盆一起挤在一个逼仄的空间里，进到里面做任何一件事情，都是极不舒服的。其实，卧室可以小，但卫生间，或者说浴室却以大一点为好，大到可以舒畅、自如地在其中做任何事。我以为，一套60平方米的房间，卫生间完全可以占去其中的10到15个平方米。那么，120平方米的套房，卫生间如果占去20到30平方米实在不算夸张。

　　老一辈的人会嘀咕，要那么大的卫生间来干什么呢？而我的观点是，这个空间是最忽略不得的。它既可以是卧室的延伸，放一张躺椅在浴盆的旁边，出浴后躺上去小睡一会儿，其质量不比上床的感觉差；也可以是书房、工作室的延伸，无论绘画、设计或写作，想象力会有意外的展现；还可以是健身房，放一两件健身器械在其中，洗浴前先练出一层毛汗，再去盆里泡一泡，感觉会与单纯地、完成任务似的冲个澡大不一样。

2001 年，我去参观一位朋友的新居，对其卫生间就特别欣赏。那是一间比他的卧室还大的卫生间。卫生间的天花板是斜面的，镶嵌的是一面整块的玻璃，采光极好。朋友是画画的，据他说，他确实是将这里当画室在用。我看见这里除了浴盆、抽水马桶、淋浴喷头，还有就是一个画架和一把实木的椅子。地板也是经过特殊处理的实木地板，感觉上就比一般浴室铺的瓷砖地板要温馨多了。整个面积我估计不下 40 个平方米。当然，这套房子的总面积也至少在 200 个平方米以上。

如果只是小居室，卫生间还能不能够这样奢侈呢？实际中我见过的小居室，卫生间的设计也是难以想象的逼仄，要在这样的一个空间里开展任何工作或休闲活动都是不可能的。但是，我却在一期杂志上看见过一款小居室的卫生间设计，其浴盆、盥洗台和抽水马桶都摆在了床和沙发的旁边，躺在浴盆或蹲在马桶上就能看电视，听音乐。这实际上是将卧室、客厅和卫生间三者的功能融合到了一个空间里。我想，如此反"私密"的极端设计，这家的主人多半是个单身汉。因为，即使是小两口，要像这样同处一室，彼此也都是需要有十分的勇气的。而就理论上讲，这样的家也不大可能接待来访的客人，因为那实在不方便。不过，看过这款设计的人，我相信都会禁不住在心里有那么一点向往和冲动，不一定真要去尝试，哪怕就是短暂地幻想一下，也是一件愉快而刺激的事情。毕竟，我们被闷在狭小的卫生间的时间是太久太久了。

父亲的扫帚

搬了新家后，房屋面积比原来的住房宽了两倍多，还分楼上楼下。父亲为了打扫房间方便，便买了好多把扫帚回来。几乎是一间屋一把扫帚。大概是父亲不喜欢提着一把扫帚走上走下，而习惯在哪间屋用哪把扫帚。

但我观察了一些时间，发现父亲买那么多把扫帚，也不完全是图方便。比如前不久，我看见父母住的主卧室的门后就藏了一把长把的大扫帚。这种扫帚是用细竹枝扎的，扎在一根长长的木柄上，在我们老家称为"扫衣"，一般是用来扫室外院坝的，特别适合清扫积水和落叶。其形状我一说出来大家就明白了，跟女巫平常骑着在天上飞的那个扫帚一模一样。我问父亲，买这个扫帚做什么用呢？父亲一时显得有点尴尬，他笑了笑说，现在暂时还没想到有什么用处。

父亲是喜欢扫帚，似乎已经超出了实用的范畴而有了点"收藏"的意思。他是个爱动手的人，对工具十分迷恋。从小我就有印象，我们家的木工、电工和泥水工的工具是一样也不缺的。他用这些工具为我们这个家制作过板凳、桌子和箱子、修理过门窗，安装过电灯、电炉，砌过灶台、洗衣台和石门槛。在我们老家，专门有间地下室，供父亲放置他那些大大小小的工具，包括一只足有三米长的做木工用的马凳。这间工具室还收藏了诸如铁丝、铁皮、铁钉、木条、破砖头、包装袋等在我看来是破烂，在父亲看来却是宝贝的材料。到了成都的新家后，他还保持了收集"破烂"的爱好。包括装修时剩下的一些废料，如强化地板、瓷砖、人字木梯、橱柜人造石台面、水泥、河沙等，他都没让清理出门，而是小心地收拾在屋顶花园的一个角落里。当母亲养的兰花需要一个花架的时候，父亲便用剩下的那些边角余料打造出一个漂亮的花架。他还用这些边角余料做了一个堆杂物的货架，以及放置种花工具的工具箱。还有一个小制作，让朋友中茂见了都大加赞赏：原来母亲在花架上吊了两钵盆栽，吊得太高，平常不便于浇水。父亲就利用上了空可乐罐，在罐子的底部用针尖戳上一些小孔，然后装满水放进花盆里，让水慢慢地渗透，这样，就不用天天浇水了。而他在收集那些空可乐罐的时候，我是表示过反对的。后来，当我对他的这一系列"作品"表示出赞赏的时候，他不无得意地说，留下来总是用得着的。

　　我逐渐不太干涉父亲的这些爱好了。几十年的习惯，就让他留着。我想我也有老的时候，也会将自己现有的这些习惯一直带在身边。比如我自己"经营"了十多年的泡菜坛子，已经随我搬了几次家，行程千余里。如果哪天女儿长大了不在四川工作，而我又要搬去和她住，我想我一样还得将这坛子一块搬去的。

习惯不仅是曾经生活的一种记忆，也是能够让我们感觉到还将继续生活的乐趣和意义所在。

时间卡死人

　　我相信，很多上班族都是把闹钟当成敌人的。沈宏非先生形容自己晚上坐在床边给闹钟上发条的情形，就像一个恐怖分子在制造一个定时炸弹，只不过这颗炸弹要炸的不是别人，而是自己。

　　我有许多年都是周围朋友羡慕的可以睡到自然醒的幸福的住家男人。但2003年10月，我经不住诱惑，又出门上班了。这十年来，我这种"又出门上班"的次数还是挺多的，都是在家住了一两年，经不住诱惑，又出去折腾个一年半载，熬不住了，又回来。这不，在我写这篇文章的时候，也是我重新回到家里的第一天。我很高兴地告诉我的朋友们，今天我不是被闹钟炸醒的。

　　而且，更奢侈的是，今天早上我自然醒了，还在床上赖了一两个小时。赖在床上睁着眼睛或半闭着眼睛思考，是一个住家男人愉快的早课。这种状态下的思考是随心所欲的，甚至是最富于创造力的。

　　人类发明时间，是为了彼此约束。尤其在工业化社会，时间扮演了最为核心的角色。久而久之，人们都患了时间强迫症，就算没有外力的约束，也习惯了在晚上为自己安装一枚"定时炸弹"。比如，一个家庭主妇按时起床，就是为了洗一堆并不急着要穿的衣服，这样的事情是常有的。贬懒褒勤，都希望自己是别人眼中的一个忙碌之人。至于你忙些什么，忙而有无功，忙而有无意义，倒是很次要的了。

这使我想到了"只争朝夕"这个词。这个词在 20 世纪 70 年代十分流行，也因此带来了很多奇观。比如在农村，农民都应该是睡到自然醒的。所谓日出而作，日入而息，是最自然的状态。农民没有几点几点必须要干的事情，而是有自己的时间表，比如节气什么的。这时间表是以天、以月计算，而不是以小时，更不是以分钟计算的。但在"只争朝夕"的年代，农民也被拧紧了发条，被集体考勤。干什么呢？政治学习。

到现在还是这样，人们崇拜时间。好像浪费了时间就是浪费了生命。这成了至理名言。还有一句名言，时间就是金钱。这对于现在很多不关心生命但却很在乎效益的人来说，就更是圣经了。其实，浪费个十年又算什么呢？我现在和父母住在一起，他们是公认的被耽误了大好时光的一代人。但这又怎么样呢？在我看来，他们的晚年比那些没被耽误的人也差不到哪里去。比如，与他们年龄相当的美国人的晚年，总统的晚年，也就这个样子。

行为艺术家谢德庆有一件很有名的作品叫《打卡》，他坚持在一年中每隔一个小时去打卡机上打一次卡。这作品充分暴露了"按时"上下班的无聊与荒诞。

没有大蒜的日子怎么过

　　我曾经写过一首诗叫《没有大蒜的日子怎么过》。后来，又用这标题写了一篇小说。当然，诗和小说是不一样的。现在，我用这标题再写这篇文章。这足以见出，大蒜之于我的生活是多么的重要。

　　我的朋友石光华告诉我，大蒜是味中之王。没有了大蒜的日子，自然是缺少滋味的。别的菜系我了解不多，就川菜而言，或者说，就四川人的厨房而言，是不能没有大蒜的。就算是一碗面条，如果佐料里面缺了大蒜，哪怕放再多的油辣子，其味也必然是苍白的。

　　每一年，新鲜大蒜上市，我都要买一些放进泡菜坛子。如果一年中错过了放大蒜的机会，那泡菜坛子里的味道就会单薄许多。大蒜不仅可以做泡菜，也可以用盐腌制，做成甜大蒜。经盐腌制过后的大蒜，会自然变甜，无须加糖。在最没有胃口的时候，尤其是在炎炎夏日，冲一碗凉茶泡饭，佐以泡或腌制的大蒜，必定胃口大开。

做饭的时候，剥着大蒜，常常经不住其扑面而来的香气的诱惑，剥着剥着，忍不住就要偷吃一瓣。这样的情况已经不是一次两次了。生蒜咽进空腹，其后果就是整个胃部得经受一种火辣辣、急吼吼的阵痛。痛到无助。当我痛得从厨房跑进客厅，蜷缩在沙发上长吁短叹的时候，我老婆就问我怎么了？我说吃了生大蒜。老婆就生气地指责我说，都这么大的人了，怎么这样傻呢？我说我晓得会这样痛。老婆更气，说，晓得还吃，不是更傻吗？我说，吃都吃了，有什么办法？老婆见我已经痛成了那个样子，就没有那么生气了。她说，下次剥蒜的时候拿客厅来剥。她的意思是，我总不好意思当着她的面将生蒜往嘴里放吧？

　　有一句俗话，叫香了自己，臭了人家。这话放在吃大蒜的人身上是再合适不过了。所以，知趣的人，在吃了大蒜之后，一般是避免与人交谈的。一次，一帮朋友准备去参加一个派对。但去之前的那顿晚餐，偏偏又选择的是吃火锅。吃过四川火锅的人都知道，火锅的香油碟子里，通常是蒜蓉就占了小半碗。席上的几名男女一致要求服务员不要在油碟里放蒜。他们可能心里都怀抱着一个相同的期盼，以为派对上必然会有点什么艳遇之类的事情发生。牺牲口福享艳福，这要说也值得。但问题是，后来的派对没促成半个艳遇，这就有点不划算了。

　　我曾经听一位朋友诉苦，说她在德国的一年，根本就不敢吃蒜。德国人对气味十分敏感，你就算没和谁说话，那个谁隔着老远也能闻出你是一个吃了大蒜的人。但没有大蒜的日子，德国人一样不能过。据说，他们发明了一种技术，可将大蒜里的某种元素去掉，吃了后就没有那种气味了。但是我又想，说不定那个造成惹人嫌的气味的元素，恰好就是让我抵挡不住诱惑的那个东西呢？换句话说，那个被去掉的东西，也许就是使蒜之所以成为蒜的那个东西。

下 面

我们四川人把煮面条叫下面。喂，中午吃什么啊？朋友打电话来问。我便回答说，在家里下面吃。

所谓中午下面吃，吃的并不是午餐，而是早餐。因为，我是上午十一点左右才起床，一天的生活是从中午开始的。老婆有个观点，既然是早餐，就要吃点甜食什么的，比如荷包蛋，或者牛奶、面包。她对我一起来就下面吃很不以为然，觉得没什么营养，进而还上升到没什么品位。我说，我明白这道理，但我必须得忠实于自己的胃。它发出的是要吃面条的指令，我也不好违背。

我总是自己亲自下面，别人下的面我少有瞧得起的。我一位朋友，夸自己下的面好吃都夸了好多年了，却一直没机会显示。后来他从成都去了北京，开始自己开伙了。我有一次去他那里看他，他很高兴，说终于可以吃到他下的面条了。我也很高兴，看着他在厨房里忙活：打佐料，炒臊子，烧水，丢面，起锅，然后一大碗热腾腾的面递到我手上，我捧着在客厅里吃。吃啊吃啊，吃到只一半，我抬起头来望着我的朋友。他十分关切地问我，怎么样？我面有愧色地躲开他的目光，可不可以不吃完啊？我问。他怔了一下，然后说，可能是下多了。我说，对对对，太多了，吃不完。朋友大度地说，倒了就是。

我这位朋友之前就多次吃过我下的面。他一直认为我下的面不好吃。不能有那么多汤，他告诫我，汤多了味道都沉在汤里了，面条反而没有了味道。我承认他说得有道理。但是，我的胃对他下的那一碗缺汤少水的面条也是不大能接受。我从小吃面就讲究个和汤和水，干垛垛的面咽不下去。后来我明白了，什么叫十个人九张嘴。即，各人有各人的胃口。什么好吃，什么不好吃，是没有绝对标准的，只能是相对于各人的口味而定。比如我这位朋友就抱怨过，麦当劳的炸鸡根本就没有我们的卤鸡腿好吃。我就说，这一点不奇怪，因为你从小就有一个消化卤鸡腿的胃。

下面也没什么绝技，主要是要对自己的胃口。前面说到汤要宽，这是首要的。油不能放太多，这也很关键。起锅的面条要黄（生硬）一点，这也不可忽略，不然放到碗里的面吃不多会儿就成了面糊。就我个人而言，佐料里加进剁碎的榨菜米，是万不能缺的。因为我在榨菜之乡涪陵生活了十年，胃口上自然打下了这一地域的烙印。

我每天吃一顿面条没有问题。如果中午才吃了面条，而到了下午对于吃什么仍然举棋不定，再吃一顿面条也是一点问题都没有的。有人说，吃面要长胖。但我吃了这么多年的面，而且是天天吃，一天不吃就心慌，也没见长成一个可爱的胖子。我还是偏瘦。最多随着年龄的增长，其面条形的体形渐由窄面变成了宽面。总之，还是一根面条，怎么也变不成一个饺子。

睡　觉

　　其实我不喜欢在家里睡觉，我更喜欢在车船的卧铺以及旅馆的客房睡觉。这说明我本质上不是一个适合住家的男人，而应该是一个流浪者。说好听点，应该是一个旅行家。很多人都说自己在路途上睡不好，会因为陌生的床而失眠。但我恰恰相反，一上火车或轮船，铁轨的咔嚓咔嚓声，和轮船马达的突突声，无异于最好的催眠曲。我对陌生的床也很有感觉，越陌生睡得越香。通常情况是，在一家旅馆住上三两日之后，陌生的床睡成了熟悉的床，我反倒要开始失眠了。

　　我有几年经常出差。每次出差，既要坐轮船，也要坐火车。到了目的地，当然也是睡在旅馆里。那是很愉快的几年。每次我出门总要揣几本书在旅行包里。我喜欢躺在车船的卧铺上阅读我喜欢的小说或别的书籍。我从不在路途上与陌生人说话，只享受陌生的环境为我营造起的这种睡觉的氛围。我读几页书，疲倦了，就合上眼睡一会儿。睡醒了，再翻开书读。有时候我也去甲板上或车厢里走一走，看看外面一晃而过的景物。我从不嫌车船行驶得慢，也不怕路程远。我甚至不希望那么快就到达目的地。只要有卧铺可睡，它要这样漫无目的地开下去也无所谓。有一次，我坐火车去贵州，火车翻越上六盘水的山坪之后，莫名其妙地就停住不走了。问乘务员，被告知是临时停车。但这一"临时"，火车就在山坪上停了三个多小时。别的乘客都显得焦躁不安，而我很高兴。我想，要不是这个意外，怎么可能走到这个地方来看风景呢？我下车去拍了几张照片，就上车睡觉了，以至于火车什么时候重新启动的我都不知道。

关于旅馆我也没有什么挑剔。什么样的旅馆我都能住。我住过北京澡堂以及各地火车站的大通铺，也在北京、广州的五星级酒店住过。一样睡得好。只有一次比较倒霉，住的三人间，遇上另外两个同房间的旅客打呼噜。而且，他们一个是在上半夜打呼噜，一个是在下半夜打呼噜。也就是说，我通宵未眠。当然，这样的情况是不太经常碰到的。

在旅馆，更多的时候是一个人住一个标准间。住在这样的标准间里，我一下觉得，自己与这个世界离得很远。这种环境很适合沉思默想。作为一个写作者，我认为能够在旅馆里写作一定有一种特别的心境。有段时间我很喜欢纳博科夫这个小说家，以至于他常年住在旅馆的这种生活方式也让我想模仿。后来，这个小说家靠《洛丽塔》一部小说发了财，立马去瑞士买了栋别墅。这个结局要模仿起来难度就很大了。

作为一个住家男人，在家里睡觉是一个不可更改的现实。

虽说我不喜欢在家里睡觉，但也并不是说在家里我就睡不着觉。恰恰因为是一个标准的不用去外面上班的住家男人，我在家里任何时候都可以睡觉。想睡才睡，不想睡的时候就不睡。甚至很多时候，睡着睡着我又会从床上爬起来，在电脑上敲打敲打，或者看看影碟。我不认为有规律的睡觉就是正确的和幸福的。因为我曾经就有过那样的规律，并尝试了在那样的规律下想睡而不能睡，能睡的时候又半天睡不着的痛苦滋味。

洗碗是一个难题

　　人人都有吃了饭不想洗碗的时候。在家庭里，夫妻常常为吃了饭该谁去洗碗而发生矛盾。按传统观念，做丈夫的当然是碗一丢，就去抽烟看报纸，洗碗自然成了既无文化又无经济能力的妻子的分内事。但现在已经不是传统的时代了，妻子们不仅有文化，还有了经济能力，也渴望着能够吃完饭之后，碗一丢，舒舒服服地坐在沙发上看电视，嗑瓜子。于是，有夫妻发明了用"剪刀、锤子、布"的游戏来决定该谁去洗碗。这一般是小夫妻，这样的游戏不仅解决了矛盾，还平添了几分撒娇、几分乐趣在里面。但老夫老妻要玩这样把戏就不灵了。因为没娇可撒，乐趣自然不复存在。搞不好，一剪刀下去，一锤子过来，徒然而上演一出家庭暴力的闹剧。

　　我自己是在很早以前就解决这个矛盾了。我跟我老婆从一开伙那天起，就约定了做饭的不洗碗，洗碗的不做饭这一条例。这在劳动分工上体现了公平的原则，在男女关系上则体现了平等的理念。所以，我一般做饭的时候不喜欢老婆进厨房来掺和。因为有可能她仅仅是帮着我剥了一根葱，或几瓣大蒜，把究竟是谁做的饭这个问题弄得模糊起来，从而造成我既做了饭还要洗碗的结局。将厨房里的事分得这么清楚，并非斤斤计较，而是百分百地贯彻一种契约精神，以便减少家庭矛盾。

由此，我坦白地承认，我之所以经常做饭，是因为我十分不喜欢洗碗。

其实，洗碗本身并不麻烦。至少从劳动强度和所占用的时间上，并不超过做饭。但为什么我们都不喜欢洗碗呢？我认为这是个时间问题。即，我们不喜欢的是饭后洗碗。原因是，人在吃饭之后，血液大量输送到胃部，参与肠胃的消化工作，致使大脑供血不足，整个人就感到很困倦。所以，如果是吃完饭将那些碗碟搁放在洗碗池里，等到第二天做饭之前再洗（那时候正饿得清醒呢），就不是什么难题了。

今年春节，我的姐妹们都齐聚成都华阳父母家过年。老老少少十五个人，做饭就已经是个浩大的工程了，洗碗更是一个难题。好在我们家多年来已经锻炼出了一个专职的"洗碗匠"，那就是我的二妹。二妹不会做饭，所以，任何时候，任何场合，她都是承担洗碗的工作。这一"承担"使她能够当别的姐妹在厨房忙碌的时候，自己心安理得地稳坐在沙发上看书或看电视。我女儿的性格在很多方面都朝向这位二姑，因此，我们便在这个春节期间动员二妹收我女儿做洗碗的徒弟。无奈，女儿拜师学艺的热情并不高，仅仅是帮着收几个碗，然后，随便找个借口就溜出了厨房。对此情状，二妹很有些"艺无传人"的感慨。

做 饭

作为一个住家男人，我不想把做饭说成是烹饪。比如你下午五点过接到电话，对方问你在干什么？你说，我正在烹饪。电话里那朋友一定要笑的。事实也是，已经"住家"，就不要"住"得那么煞有介事的。是在削土豆就说我在削土豆，是在砍排骨就说我在砍排骨。在家里做饭说到底就是填饱肚子。

有一种说法，男人在家里围着围裙，专心致志地剥一根葱，从容镇定地炒一盘肉，那样子是很性感的。我想，这说法肯定是一个女人发明的。因为你这时候再性感，也只你老婆看得见，说你性感是很安全的。而你因为受到夸奖，一高兴，说明天我再炖一锅汤。好啊好啊，她要的就是这个效果。当然，我也不觉得男人在家里做做饭有什么委屈。想想外面的那些大厨师，哪个不是男的？男人在做饭上有天赋，这可能遗传自母系社会。回到"性感"一说，我想也可能就是这样，母系社会里男人们烧火炒菜，女人们围在旁边看，哪个做得好，晚上就跟哪个睡。

有部电影叫《我爱厨房》，是根据日本女作家吉本芭芭娜的小说《厨房》改编的。电影我没看，但小说原著我读过，讲的是一个成天喜欢待在厨房的女孩的故事。从故事里看，这女孩待在厨房是有点病态的，好像有什么人生问题没有解决。我想，包括我在内，在家下厨的男人，断不会拿形而上的问题去厨房解决。当然，如果是本来就蛮有思想的男人要在炒菜的时候顺便思考一两个人生终极问题，也是有可能的。但我敢肯定，再有思想的男人也绝不会将厨房这地方上升为自己的精神避难所。男人要是有一点点病态，最有可能选择的地方也是浴室。比如法国作家图森的小说《浴室》里面的那个成天躺在浴缸里想入非非的先生。

　　说远了，还是说回我自己吧。我做饭的历史可上溯到 20 世纪 80 年代初。那时候我十七八岁，正在热恋中。那时候恋爱的方式和现在不太一样，谁和谁好上了，其表现方式就是一起开伙食。在烟火缭绕中，眉目传情，心心相印。由于尚未正式组成家庭，做饭的家什很简陋，一只煤油炉，一只炒锅，一把锅铲，有些装调味品的瓶子。很野炊的样子。我们都是住单位的集体宿舍。所谓集体宿舍，也就两三个人一间。我女朋友住顶楼，同室还有两个同伴。我住底楼，同室就一个同伴。我的同伴是个当过"知青"、年龄比我大许多的人，他做得一手好菜。所以说，我们一开始学做菜，就是跟他学的。菜的花式自然也很"知青"，是填饱肚子的那种，不能叫"烹饪"。

想起来，现在的恋爱总有点虚无缥缈的，包括不做饭而吃馆子的家庭，总是给人问题多多的感觉，不如那时候那么踏实，那么"人间烟火"。做饭加做爱，那时候的"爱情"就这么简单。

泡一坛菜在家里

　　我从十七八岁就开始经营起一坛泡菜。这也透露出，我过独立的家庭生活比较早。我做泡菜的技艺最早是从母亲那里学来的。后来，也多得周围朋友的指点，加上自己肯在上面动脑筋，做的泡菜总体说来还过得去。我搬了许多次家，从小城市搬到大城市，从城东又搬到城南，搬一次家扔一次家具，但那只泡菜坛子始终是走哪里搬到哪里。坛子当然也有过更换，比如某个时期换成大一点的，某个时期换成小一点的。但是，坛子里的盐水却没换过，是泡了十多年的老盐水，这一点让我觉得特别不容易。

　　最初制盐水的时候，我买了二十瓶矿泉水。因为在城里既无山泉，也找不到井水，只好以瓶装矿泉水代替。第一次投料的时候，除了盐、红糖、花椒、山奈、八角、茴香等基本底料外，我主要买了两斤生姜和一斤红辣椒泡进他坛子里。姜和辣椒是四川泡菜的主味，所以要先泡。接下来，根据时令，再泡进大蒜、小蒜（尾巴蒜）和萝卜。萝卜是我专门托人从涪陵带到成都来的胭脂萝卜。这种萝卜是做泡菜的上选，因为它不单是表皮红，连心子也是红的，泡在坛子里可将盐水自然浸染成红色。基本上在半年之内，新制的盐水泡出来的泡菜都是不太好吃的，这是因为盐水还没"熟"。半年过后，味道就比较正了。到了一年以上，可以说就是一坛好泡菜了。

经营一坛好的泡菜，一要耐心，二要细心。我也见识过一些家庭的泡菜坛子，可有可无地搁在厨房的某个角落，坛子里只有几个老酸萝卜，说明主人是很久没投放过新料进去了。还有的家庭，虽然也没间断了投料，出来什么时令菜都要买了来往坛子里投，好像很在意的样子。但是，揭开其坛子一看，盐水上面却总是浮着一层白膜，我们称为"生花"，就是盐水长了霉菌。这说明，主人很马虎，也很不专业。这样的盐水，要么是坛子走了气，要么是粘了油星，所以坏掉了。

夏天气温高，盐水生花是难免的事情。哪怕专业如我的朋友石光华，也不敢保证说他的泡菜坛子就永远不会"花"一下。对于盐水生花，一般人的做法是往坛子里倒白酒。这方法在除"花"上是有效果的，但弊病也很明显。经常倒酒进坛子，泡出来的泡菜必然有一股酒味，那味道吃起来是可想而知的。我以前的做法是将火钳之类的铁器烧红了放进坛子里"驱"一下，这种物理除"花"的方法，比起用酒去勾兑的化学方法，其好处是基本不破坏泡菜的口味。后来朋友石光华介绍了一种新的方法，我觉得是所有方法中最好的方法，自己试过之后也经常向其他朋友推荐。这个方法是，将鲜竹笋剥去笋壳，放进生花的坛子。这不仅达到了自然除"花"的效果，泡进去的竹笋本身也可以当泡菜捞起来吃，一举两得。

没有一坛泡菜，那无论如何不像一个家。一般来说，四川男人都是经营泡菜的好手。当然，后一代的小孩们就不太擅长此道了，这多少让我有点忧虑和失落，担心他们将来怎么过日子。我觉得（也是我多年来的体会），一个家庭如要稳定和滋润，其居于中心位置的不应该是电视，而应该是泡菜坛子。有了一坛好的泡菜，必然是家庭和睦，夫唱妇随。相反，如果泡菜坛子经常处于无人问津的境地，那这个家基本上已经露出了些荒凉的端倪，夫妻间多半也是没什么话好说的了。

搬　家

发现最近很多人都在搬家。

但不是蚂蚁搬家公司开着卡车在小区里忙碌的那种情景。是网上搬家。明白地说，就是一些朋友将自己的博客从网络服务器的这个地址，搬到那个地址。

我也动了一动心，想像乌青和离那样，把我的汉字厨房搬到果皮村去。

但我马上就打消了这个念头。

乌青在他的新博客上给博友们出了一个问题：如果你今天回家，打开门，发现家里空空如也什么都没了，你会怎么想？然后会怎么办？

我的回答是：如释重负。

搬家是一件麻烦的事情。一生中搬家不计其数。最恐惧的，是清理旧物。这不完全是个体力活，也是个智力活。你得思考、权衡，哪些是要扔掉的？哪些是要随你一起搬到新家的？舍不得扔的，有的是有用的，有的是无用的，有的是介乎于有用和无用之间的。过去、现在、将来，似乎都蕴涵在了对这些旧物的取舍处理之中。

最舒服的一次搬家，也是唯一的一次，是从涪陵到成都。1992年，我扔掉了公务员的工作，来到成都，只背了一个牛仔包，随身几件换洗衣服，连我最钟爱的书都没带一本。成都的新家，从一间空房开始，逐渐的，有了锅、碗、筷子；有了泡菜坛子和床（最初是睡在地上）；有了书和衣柜，衣柜里面开始挂上了睡衣。这是一个重新开始的状态。我很喜欢这样的状态，生活上的重新开始，写作上的重新开始，都让人莫名地轻松和兴奋。但是，后来从郭家桥搬到神仙树，就没这么轻松了。虽说是从出租屋搬到了自己买下的房子，但兴奋感却大不如1992年。估计就是搬家所累。平常不觉得有多少东西，搬出来却装了整整一辆卡车。

网络上的家要搬一搬，当然用不了卡车，也不会有满手灰尘在旧物中游走那种状况出现。也就是按动鼠标，将一篇篇旧文字，复制、粘贴、再复制、再粘贴。但还是一样的麻烦。哪些该粘过去，哪些不该粘过去，其权衡，思量的过程，跟要不要带上这根凳子和瓦罐，一样的难于取舍。我还有个毛病，一整理房间，就喜好分类。这就让整理的过程变得很缓慢，很疲累。所以，一年中，我难得整理一次房间。一次，朋友中茂到我家中，本没打算让他看我书房，但他小儿子毛毛要打电脑游戏，他也就顺便在门口看了一眼。确实够乱的，难以想象。中茂说这话的时候，那个表情我都没法形容。最让我记忆深刻的是，毛毛问，小竹叔叔睡哪里啊？我的书房是有床的，我平常就睡在这个床上。但毛毛绝不是明知故问，因为在毛毛的有限经验中，那个他看见的所谓的床，乱成那个样子，自然唤不起床这个字在他脑海中出现。

我总是说，等清闲下来的时候，再整理房间。或者，等天气好的时候，心情愉快，再整理房间。

今天成都的天气就很好，窗外楼房的墙面，阳光和阴影截然分明。我环视了一下我的书房，看着零乱的桌面和地板，一下就没了精神。我起身去倒水，一摞旧报纸从墙根倒下来，挡在了路上。我试图弯下腰去，将它们归回原位。但想了想，端着茶杯，从那一摞报纸上跨了过去。

打火机

就在昨天晚上，我无意中又从"白夜"酒吧揣回了一只打火机。

我是一个对打火机着迷的人。很多年来我想要一只 Zippo 打火机，但一直没敢买，原因是打火机是男人最容易丢失的物品之一。所以，尽管我有去商店观摩各式精美打火机的习惯，但我长期是一个用一次性打火机的人。一元钱一只，随用随买。但是在家里就没有这样方便了，当要抽烟的时候，找遍了所有房间所有抽屉，就是没有打火机，只好拿了香烟去天然气炉子上点。我写作时抽烟是很凶的，一支接一支，也只好一趟一趟地往厨房跑。

没有打火机的滋味无疑给我造成轻微的打火机强迫症。于是，便有了在任何场合，随手将桌上的打火机（不管是不是自己的）往兜里揣的下意识。就这样，一段时间，我家里的打火机多了起来，而且是多得不得了，书房、客厅、卧室，一次性打火机随手皆是。我有点害怕了，究竟怕什么也不知道，反正就是很怕的感觉。像我先前下意识地揣回打火机那样，我又开始有意识地出去一次，丢一只打火机。就是说，当聚会散伙的时候，有人指着桌上的打火机问，谁的打火机？我假装没听见，这样就可以又丢掉一只打火机。当然，这样下去，我又开始发现我在家里要抽烟时很难找到打火机了。结果就有前面说到的，就在昨天晚上，我无意中又从"白夜"酒吧揣回了一只打火机。

曾经有这种说法，男人有三件宝物，手表、打火机、钢笔。现在，手表和钢笔对一个男人除了尚有装饰功能以外，实用性都不强了。唯有打火机，是男人离不了的。我也看见一些男人，腰带上拴了一只小皮套，那皮套里装的就是 Zippo 打火机。一般将 Zippo 打火机别在腰上的男人，我的判断是，这男人一定是精明、谨慎、有洁癖、好挑剔、心胸狭隘且有较严重的虚荣心。为什么有这样的判断我也说不清楚，反正就这样的感觉。关键是，实际接触中还证明了我这感觉（判断）是对的。

所以，精神上迷恋高档打火机是一回事，实际生活中用一次性打火机又是另一回事。我的所有朋友都是用一次性打火机的。我们喝酒抽烟的时候打火机和香烟都摆在桌上，不分彼此，可以乱拿。如果你看见我们一圈人坐在某个酒吧，其中有一个点烟的时候从腰带上摸出一只 Zippo，那一定不是我的朋友。

做"闲人"的压力

　　自从回到家做起自由撰稿人之后，我算朋友中公认的"闲人"，因为我不用上班。但是，闲人不能忙，一忙就生病。这一周，我就生病了。生病让我有一种解脱，让我开始思考做"闲人"的压力。

　　我是上周星期一下午开始感觉到喉咙发炎的。早上八点我被自己的闹钟叫醒，去一个朋友的公司，帮他做一个关于房地产的广告方案。中午，朋友石光华打电话来，说下午两点半，他的杂志社要开个座谈会。我知道这个会他之前就说过的，但我突然意识到，时间撞车了，另一个朋友的酒吧要搞个电影方面的活动，也是今天下午两点半，我必须得去。一则这活动我是发起人之一，工作上有我一份责任；再则，那位朋友作为活动的主持人，她已经做了很多烦琐的工作。她说，到时候站上去给大家讲话的任务就非你莫属了。最后我在电话上对石光华说，下午我先去了酒吧再去你的座谈会。

　　下午主持完开映式我就感觉到喉咙出了问题。本来，我要马上走了，问题可能就不会像现在这么严重。但是，石光华意外地来到了酒吧，他说那个座谈会不开了。结果是，他也坐下来开始看放映的电影。这是一次民间观影活动，放的都是一些没机会公映的纪录片和实验电影。其中有几部名气很大，而我一直无缘看到，如吴文光的《江湖》，朱文的《海鲜》。要不是这样，我也可能早走了。上次也是在另一个场合参加类似的活动，觉得空气很闷，我便提前走了。搞这类活动的场地一般都不大，人多了，空气就不好。抵抗力弱的如我辈"闲人"，就容易倒下。我坚持看完了《江湖》和《海鲜》（两部都作为压轴戏放到最后），觉得是能够让人耳目一新的好片子。但代价是，我就真的生病了。

这样说有点让人误解。其实，这完全怪不得别人。我躺在病床上开始出汗的时候就明白了，一个闲人，不能揽那么多事情在身上，揽上了，就得生病。但事实是，闲人最容易将事情揽到身上，因为你是闲人。这就是做闲人的压力。如果你已经是个"忙人"，就不会有事情来找你了，因为你很忙，别人都怕你忙不过来。但大家都知道你是个闲人，反正你没什么正经事，大家有什么都把你叫上。而你，还没理由说自己忙，推脱不干，或是不去。

做闲人一直是我的理想。但几年来，我知道，做一个真正的闲人并不容易。我经常要想起的一部电影是《理发师的丈夫》。那个成天坐在理发馆看报纸，看自己的理发师老婆给客人理发的男人，才是最幸福的男人。真正的闲人，就是做个理发师的丈夫。或者说，找个理发师做老婆。

第二辑

与足球有关

不穿袜子要感冒

最近两天都早起，原因是惦记着下楼买商报。老婆不相信我会起得那么早，我说你看，有商报为证。她也知道，楼下商报八点以后就卖完了。我买回报纸便窝在沙发里看，袜子也没穿。当突然打起喷嚏来，才知道不穿袜子是要感冒的。

26 日这天很异样，家里出奇的静。记得我问过老婆多次，今晚没有球赛吗？每次，她都给了我否定性的回答。到晚饭后，几乎是孤注一掷了，我又问，没球赛吗？你敢肯定？老婆瞪着我，一时不知说什么好。你不是整天都在看报纸吗？老婆有点不耐烦地说，有没有该我问你才对啊。我说，报纸上没看到有比赛的消息。老婆笑了，报纸上没有就是没有，问我未必就有了？唉，她说的也是，但我就是不甘心啊。

事情就是这样，一个本来并不特别热爱足球的人，非把自己与世界杯绑在一起，做起一种姿态，却是骑虎难下了。不过，这也使我理解了我的朋友包小笨渴望世界杯到来的那种几近发疯的心情。

我突然想到了包子和面条的那个段子。

有个叫西闪的家伙，天天给报纸专栏写文章，还给自己的专栏起个名字叫"真心英雄"。第一天看见这家伙露面我就笑了，你这面条烫了鬈发就以为我不知道你是谁了？西闪就是我的朋友包小笨，个头比我还高，但身材比我还瘦。他说世界杯一到他就要发疯，或者还没等到世界杯，他先就已经疯了。这话我完全相信。两周前，他就在我面前举着螳臂一样的胳膊高喊，世界杯呀世界杯。我当时还没打算看世界杯，所以对他的兴奋举止特别忧虑。好在，我现在也卷入到这场全球狂欢中来了，也懒得忧虑别人了，要忧虑也是忧虑我自己。我会不会等不到世界杯先就疯掉了呢？

我看你快了，老婆如是说。

她确实有点久经沙场的样子，有比赛就看，没比赛照常去美容院洗脸、吹头发、瘦身，也照常睡到中午才起来。不像我的朋友包小笨那么急不可耐，也不像我这样患得患失。她看报纸也是，只留心比赛时间，其他的东家长西家短一概不关心（这点有点像米卢对待报纸的态度）。她看球也是那样，不像通常球迷对球队球员那么了如指掌，除了菲戈，她能说出的球星名字少之又少。对了，还有齐达内。她说超过三个字的名字她就记不住了。所以，她看比赛只保持最低限度，知道是哪个队 VS 哪个队就够了。这情况我说给我的朋友中茂听过。中茂是资深球迷，能够达到远距离看场上球员跑动的身姿就能说出该球员名字的水平。

中茂说，你老婆是真球迷。

这里是世界杯难民署

5月31日，北京时间19点30分，法国和塞内加尔率先挑起战端，第十七次世界大战正式爆发了。从今天开始，全世界的战争痴迷者们开始兴奋起来，幸运和有实力的亲临前线近距离观看战事，其余的（也是大多数的）借助电视、报纸观战，了解战况，呐喊助威。在人们热衷于计算各参战国攻城略地的数目以及战斗伤亡情况的时候，我却无法不将目光投向因战争爆发而引发的难民潮。在这些成千上万的难民中，当然是妇女居多。她们无一例外都生活在战争痴迷者家庭，或丈夫或父亲或儿子是狂热分子。与第一次、第二次世界大战不同的是，她们或许不会流离失所，但有家难安这是无疑的。她们的生活安宁完全被破坏，吃不好更睡不安。严重的，还要遭谩骂挨拳头，引发一起又一起局部战争。国际社会没有为此次大战专门设立难民署，没有一个工作机构去了解难民真相，并实施救援和安慰。

以上是我对世界杯开赛后将会引发的球迷家庭危机的文学

性描述。就在今天，一位球迷的妻子写信给报社，请求帮助。报社为此配发编者按，呼吁社会关注这一问题，并开通热线，请热心志愿者为"世界杯难民"支招出主意。我归纳了一下，"世界杯难民"问题大致表现在如下三个方面：一、球迷丈夫进入间歇性疯癫期，与平常判若两人，言谈举止皆不能自控，出现暴力倾向，引发家庭暴力；二、处于疯癫期的球迷丈夫除了情绪亢奋不能自控外，伴随的另一症状是想象力空前活跃，由此搞出许多不可理喻的花样愉悦自己，从而折磨家人。如那封求助信中提到的，用黑布将窗户遮住，将白天包裹成夜晚，以重温过去看世界杯的情景和氛围；三、看球成为最大的借口，可以借口不洗碗、不洗澡、不刷牙、不换袜子、不与妻子过性生活、不管孩子学习、随便不回家、醉酒，等等。一切不合理的在世界杯面前均成为理所当然。

好了，我想说的是，我们有必要成立一个类似世界杯难民署这样的工作机构。我愿意作为其中的一名志愿者。为了取得入选资格，我先提几条解决问题的建议和设想：

一、疏散法。就是在世界杯期间实施家庭重组，让疯子和疯子在一起，难民便不再成为难民。不过，得有一个协议，说好了世界杯结束就换回来，不能出现家庭破裂的另一种灾难。

二、靠近法。你要疯吗？我也跟着一起疯，大家都疯，矛盾迎刃而解。实际上，我和我老婆就是采取的此法。她要看世界杯，我跟着看，尽管我并不喜欢足球。这样，既解决了矛盾，又增进了夫妻感情。因为，乐观地估计，另一方是不会不记情的，世界杯过后必有所报答，委屈一下自己，值得。

三、逃离法。所谓惹不起躲得起，给自己放一个月的大假，想去哪玩就去哪玩，避开矛盾。事实上，当世界杯结束你回到家里，那个疯子已经恢复正常。

热锅上身不由己的蚂蚁

老婆今天起床早了点，才十点过。于是，她看见了我坐在电脑前发呆的模样。没什么可写的了吧？她这问话中听出来有点幸灾乐祸。她知道关于世界杯的文章我必须写到足球写到她，而她却无所事事（她对其他国家的热身赛好像缺少兴趣），我势必也无事可写。但她错了。我嘿嘿一笑说，何小竹何患无辞？

确实，只要换一换角度，哪有找不到的题目？我把目光投向了媒体的记者们。别看世界杯还没正式开打，可他们早就"热身"到白热化了，如同一群热锅上身不由己的蚂蚁。"热锅"很好理解。何为"身不由己"？因为足球在别人的脚下，别人踢到哪里，他们只能追到哪里。而"蚂蚁"则是比喻他们敬业的精神。我也有过几天媒体从业经历，知道对于一个记者来说，漏掉新闻就是不作为。正是由于有了他们在世界杯这口热锅上颠来跑去，我们每天方才可以不出门而知天下事。更有意思的是，这些关乎足球的新闻，你看来看去，总有股子娱乐新闻的味儿。我估计，遇上这样的大赛事，已非专职体育记者们忙得过来的了。于是大量的娱记被临时推上前线。于是，有戏可看了。

我这样说不是凭空的。看看这些标题：有关人士称央视要撤换正在播映的米卢广告片；哥斯达黎加实行三禁，不近女色只为战胜中国；妓女亲口吐露床上艳事，法国门将巴特兹惊爆性丑闻；赤裸风暴席卷英伦，在英国感受三版女郎诱惑；徐云龙：谁说中葡之战休息室发生争吵？纯属胡扯；海外美眉称赞中国帅哥，韩国女孩尖叫"我们晕了"；女记者"混进"中国队酒店，意外遇见范志毅……谣言、绯闻、阴谋，像足了娱乐圈耳熟能详的那些个破事。

我也知道，采访不易，正经事人家拒记者于千里之外（就连米卢在新闻发布会上也是胳膊肘向"外"），只好另辟蹊径挖点花边以充版面了。不过话又说回来，这些闲言碎语人们真还爱看。尤其像我这样的看客，球迷的陪伴，混进世界杯狂热队伍的异己分子，心其实并不在比赛上，看这些花边新闻似乎更是气味相投、适得其所，本来我就有看娱乐版的嗜好。再说了，追逐球场花边，惊爆球星绯闻，也早已是媒体惯技，非此次世界杯独有了。我这里大惊小怪，无非还是应了我老婆那句话，没什么可写的了。

所以，恰如其分地说，世界杯不开赛，我才是一只热锅上身不由己的蚂蚁。

我在等一个人

像古龙的武侠小说一样，我也说，我在等一个人。

当然，我不是头戴斗笠，腰挂长剑，坐在一家可能叫悦来的客栈的酒桌边等那个人。

我甚至也没有装扮成一个卖炊饼的糟老头，守在城墙根下，然后又忍不住要悄悄告诉一个过路的美眉，我其实是一个剑客，我化了装在等一个人。

不是不是。我成天穿着睡衣，和老婆并坐在我家客厅的沙发上，盯着电视机看。

我要等的那个人将在电视机里出现。

"是这个人吗？"老婆指了指，问。

电视机里坐着一个男人和一个女人，在这个男人和女人之间，还坐着一个男人。边上的男人戴了副眼镜，中间的男人一般不戴眼镜。边上的男人总是偏着头和中间的那个男人说话，边上的那个女人很专注地听他们说，根本插不上话。边上的那个女人插不上话的时候，就将脸转向我们，傻傻地笑。

其实，她蛮漂亮的，尤其笑起来，真有点像梁咏琪。

"不是他们。"我说。

这是 2002 年 6 月 3 日，正午。我要等的那个人四年前在法国出现过，一个少年剑客，人们对他寄予了厚望，以为 1998 年是他扬名立万的时刻，可以如 1986 年另一名剑客那样载入史册。但是，他在决赛时刻的失常表现至今仍是江湖上的一个不解之谜。

四年了，我就是在等这个人。

"是他吗？"老婆又指了指电视机，问。

这次有点像了。不是人有点像，是环境像。环境是他该要出现的环境，绿色的草坪，草坪的两头各有一个带网兜的门框，周围是成梯状的看台，成千上万的人在上面呐喊。草坪上已经有一群人在奔跑，拼命要将一只皮球踢进那个带网兜的门框里去。而我要等的那个人，正是人们期望能够频频将球踢进门框的人。

脚，他的两只脚，就是两把剑。

"快了，"我说，"他就要出现了，已经到达蔚山。"

我老婆十分惊讶，"蔚山是哪里？"

"我也不知道。"我说，"但是，有一支土耳其商队已经在那里迎候他。"

"他想干什么？"

"他要抢下土耳其商队的宝物，还要取了他们的人头。"

"啊，"我老婆惊叫一声，"行吗？"

"行。"

我老婆突然笑了起来。

"你说的这个人我知道了，光头，兔牙，笑起来像外星人。"

我点点头。"千完别说出他的名字。"

"为什么?"

"说他的名字他会不高兴。"

"假装的吧?"

"不，是真的。"

"为什么呀?"

"因为还有一个人，也用和他一样的名字在江湖上混。"

"现在几点了?"我开始有点焦急地问。

"下午四点半。"老婆回头看了一眼墙上的挂钟。

"快了。"

我双眼紧盯住电视。

中国队还有⋯⋯

中国队还有，写下这 5 个字后，我又打了 6 个小点。还有什么？我想来想去就是，中国队还有话题。

中国是足球大国。或者说，是已经将足球当作第一运动的大国。这一事实是近十年来中国人对待足球的态度证明了的。一个叫许子东的人曾经发问，为什么中国偏偏要（应该还是固执地要）挑选足球这一弱项作为自己的第一运动呢？这位先生的问句是个设问句，他自己马上就回答了这个问题。他说，中国人是有大国心态的民族，你有的我也要有，你能玩的我也能玩，是潮流的东西，我更要成为其中一流。就这意思，可能不是许先生的原话。虽然这也可能不是中国人热爱足球的全部原因，但我认为他说到了本质。

中国的乒乓球很厉害，厉害到国际比赛成了我们国家队自家内部的比赛，最多拉一个瑞典或日韩当当陪衬。以前我们很自豪，但近年来越来越不自豪了，因为我们逐渐发现，别人并没将这小球当回事。于是我们幡然醒悟，强国梦要靠足球这个

"大球"实现。有了这一定位，也不管历史基础如何，现实条件如何，把这个沉重的大国梦压在这只所谓的"大球"上。其实，这球再大也不过两巴掌，哪里承受得起10亿人的喜怒哀乐？

6月8日，中国对巴西。解说员幽默地说，这相当于巴西的乒乓球队遭遇中国的乒乓球队，只不过强弱的位置是颠倒的。他确实幽默，也深知这幽默不会开罪于任何人。因为力量悬殊是这场比赛有目共睹的事实，连最狂热的球迷也摆正了心态。中国球员也摆正了心态。于是，我们观看了一场比中国对哥斯达黎加那次舒心得多的比赛。尽管输掉4个球，但中国球员的表现得到了球迷和舆论的赞扬，甚至尊重。这也是我想说的中国队还有的另一层意思，那就是，还有那么一点希望。

说到希望，仅此一点因素还远远构不成乐观。6月8日，刚好是周末，在中学住校的女儿回来了。说来有趣，她对足球的兴趣是在中国对葡萄牙那场热身赛开始萌动的。这个周末回来，说出很多与足球有关的话，让我惊讶。原来，她和她的同学每天都在看商报。晚饭后，她很利索地去洗了碗，坐在离电视机最近的位置上观看中国对巴西的比赛。就在看比赛的过程中，她和她妈妈发生了争执，她不能容忍我们对巴西足球的看好，那意思有点责怪我们长他人威风，灭自个儿的志气。她甚至期盼中国队赢球。我理解她的心情，也理解造成这一心情的环境。因为没有人告诉过她关于中国足球的真相。或者说，她还没有时间和机会了解真相。到比赛结束之后，她听了我耐心地解释，加上刘主播的解说，比较释然了，情绪也好了起来。

所以，我想说的最后一层意思是，中国队还有，当我们不再隐瞒真相的时候。

是"白痴"还是"阳光男孩"

中午，我写完《看人家日本和韩国》这篇稿子，俄罗斯和突尼斯的那场比赛就开始了。我坐在沙发上看了几分钟，感到很困，就对老婆说，你帮我看吧，我去睡一会儿。于是我就去睡了一会儿。睡的过程中也没听见老婆喊叫，估计双方都没进球。但我醒来后还是问了一句，进了吗？老婆说好像进了。然后她又说，我也睡了一会儿。哈，这就是俄罗斯和突尼斯的那场比赛。

紧接着就是美国对葡萄牙了。我说我不看，你看。我知道老婆是一定要看的，因为菲戈可能要上场。我准备等到德国对爱尔兰的时候再看。这期间，我可以写写与足球无关的字。于是我进了书房，打开了电脑。

然而，当我正写道"有一天，一个女孩走来问我，1992年，你最想回忆什么？我脱口而出'舞蹈'"的时候，客厅里传来电视播音员张路连说带笑的声音，美国队开场不到三分钟，进了第一个球。

这么快？而且是美国？我有点心动，但身子还是没动。我想继续写我的小说。我这人还是比较有定力的，不会轻易被干扰。哪想到，我正写到"她说，1992年你和一个女人有过什么吧？"这一句，总共不足100字的工夫，外面客厅就传来了"又进了"的喊声。而且，进球的还是美国队。这下，我的定力完全崩溃了。我开始和老婆一起看这场曾经被我歧视的比赛。我也不得不感慨，就是希区柯克那样的悬念大师，给观众制造的意外效果，比起足球来，也是会逊色的。美国队开赛不久便连进三球，敢说全世界的人都没想到，包括美国队自己。这太富戏剧性了，而且，是喜剧。因为其中有个进球是葡萄牙队员的后脑勺自己顶进自家球门的。也许嫌喜剧的效果还不够，下半场，美国队的一个队员也在门前的一场混战中一脚将球误打进自家的球门。3∶1。然后是3∶2，葡萄牙人总算在这场喜剧中保全了一点足球强队的面子，没有像法国人输得那么难看。

　　我看见那些美国球员在场上奔跑、进球，一脸孩子气的时候，我想到了那个总是歪打正着、好运连连的阿甘。他们真的像阿甘，聪明而老练的葡萄牙人面对这一群幸福的"白痴"只有一脸的无奈。

　　其实，与其说赢了球的美国人是"白痴"，毋宁说他们是一群"阳光男孩"。赛后的采访尤其给我留下深刻印象，那个叫什么什么的美国球员面对记者和镜头时还显得有点羞涩，问他有什么感想时，他说，我们进球很早，上半场我们进了三个球，下半场我们打得不好，但我们还是赢了。

语言单纯至极。

单纯，也许就是他们既能上演喜剧，也能创造奇迹的原因吧。

足球不是那个足球

早在世界杯开赛前夕，朋友包小笨就化名西闪向社会呼吁，让足球回家。但应者寥寥。包小笨是爱球的，爱得单纯，爱得专一，没有任何功利。他的名言是，足球才是宝贝。他为足球被附加了那么多东西感到痛心。足球永远回不了家了。星星还是那颗星星，足球已不是那个足球。在一个闹哄哄的世界，我又看到了一种少数，在这些少数的脸上，也看见了足球的寂寞。

前几天看见报纸对赴韩观战、助威的中国球迷的报道，得知这些中国球迷的纪律和素养都前所未有的好，只有一点，让我看了有点遗憾。他们将热情带到了现场，同时也"夹带"去了商家的广告。从面子的角度说，这行为比中国队输球了还丢脸。我只能期望于"老外"们认得汉字的少，以此安慰自己。

足球商业化，商家做足"世界杯"的生意，全世界如此，虽说像小包一样想让足球回家的少数们并不以为然，但从道理上讲也无可厚非。也就是说，足球已不是那个足球，这已经成

为一个"合理的"现实。做点球星的玩偶来卖；路边摊打出
"吃冷啖杯看世界杯"的幌子；有线电视在转播比赛的时候私
下在屏幕底部插几条字幕广告；这些都没什么好说的。但在众
目睽睽的世界杯看台上，由球迷打出广告，这不能不说有点过
分了。我们的城市人一贯瞧不起农民，爱把"农民"一词作为
贬语来攻击和戏谑某些人和事。如果我理解的"农民"不是作
为一个阶层的称谓，而是作为一种落后意识的代用语在使用的
话，那么，我要说，那些将广告"夹带"到世界杯看台上去的
人才真是"农民"，尽管他们从户籍上 99％可能都是城里人。
这恰恰不是广告意识强的表现，而地道的是一种贪小便宜的
行为。

我们能设想这样的情景吗——哪天我们也有兴趣蜂拥至维
也纳音乐厅，也受了商家的资助，于是坐在音乐厅的我们都穿
着该商家的广告背心？

写到这里感觉很闷。中国队还有两场比赛，两场无望的比
赛。作为一个外行，我想不出中国队会怎么打。但是，我却很
容易设想出，打完球之后，中国人会是什么反应。这个足球已
经沉重得超过了我们脚下的地球。一位哲人说，给我一个支
点，我能将地球撬起来。我不知道要撬起地球的支点在哪里，
就像我同样不知道要撬起中国足球的支点在哪里一样。

在我们找不到有形的支点的时候，这个支点是否可以在无
形的人心上去寻找？

足球的花边

　　休赛期间，球是停了，人却没闲着。进入四强的球队，相信他们的球员和教练都没睡大觉。葡萄牙在看荷兰的录像，捷克在研究希腊的资料，这些都是可以想象得到的事情。球迷也没闲着。如大家预料的那样，英国球迷在英格兰队出局之后，开始发作他们的流氓本性，先是在东道国葡萄牙毁坏公物，回国后又砸自己家里的东西。英国足球流氓在他国和本国被逮捕的消息成为媒体每日必有的花边。对了，媒体也没闲着。比较突出的也是英国，英国的《太阳报》。这正是它派上用场的时候，因为它很清楚，它不是一家专业报纸，要正经八百地谈足球，它没什么优势。比赛期间，人们选择看《踢球者》，绝不会拿《太阳报》当回事。这几天就不同了，花边和八卦很能吸引人们的眼球，人们也因此多了些茶余饭后的谈资。

　　作为全世界闻名的资深小报，《太阳报》懂得什么是卖点。英国输了球，球迷要泄愤。好，那就搞一搞裁判，将输球的责任挂在裁判身上。如果是《踢球者》，也要做裁判这个题材的话，一般也不超出足球本身的边界，比如，它可能要批评一下裁判的眼力，讽刺一下裁判在知识面上的欠缺。但《太阳报》如果也走这个路子，就不是《太阳报》了。"欺骗世人将英格兰队吹出2004年欧洲杯的那个瑞士裁判，还欺骗了他自己的妻子，背地里与一个性感的金发女裁判有染。"

呵呵，这就是《太阳报》。他们的记者甚至采访到了迈耶尔的妻子弗兰西斯卡，当问及她是否了解丈夫与女裁判妮科尔·佩蒂格纳特有不正当关系时，后者平静地承认确有此事。这路数我们中国人应该不太陌生，甚至比较会意。你搞垮我的球队，我搞垮你的家庭。可怜的瑞士人迈耶尔，早知会如此丢人现眼，他先前的选择应该是：1. 不搞那个婚外恋；2. 将那个有争议的进球判给英格兰。

提醒我注意这个"花边"的是我的朋友西门媚。她在我的博客上留言说："那英国报纸这几天因输了球，把气都发在裁判身上，去挖人家的私生活，还要抵制瑞士货，无聊得如中国球迷一般。相关新闻网上报上都挺多，不过好像没人评论一下。"

我的朋友都很关心我，这也是在给我递点子，希望我能评论一下。于是我上网去看了一下。嘿，真是很热闹，对此事的评论也是多多的，而且不乏有趣的帖子，看得我反而无话可说了。偷个懒，抄录几条，供大家分享：

"媒体就是这样的，有什么奇怪，君不见西班牙意大利的媒体，都一个样，人家为了发行量，也是弄口饭吃。"（瑟郎）

"英国人永远也成不了足球场上的绅士。66 年世界杯不是靠裁判只能去死的份，这一点倒和他的邻居法国在 98 年上很相像。"（雪粼粼）

"我倒想知道法国 98 年怎么靠裁判了？你丫当时看球了吗?"（楼上的顺带一枪，没想惹恼了法国球迷。）

"所谓《太阳报》就是把月亮下的东西搬到太阳下而已。事实就是事实。"（无聊士）

我想起了一休和尚在动画片里的那句话：就到这里吧，休息一下，休息一下。

颜色的联想

　　看捷克对拉脱维亚的时候，我没有放过任何细节。但是，当紧接着看了荷兰与德国的比赛之后，捷克与拉脱维亚就被淡化了。今天我坐下来想，怎么也想不起那场比赛究竟是些什么情景，甚至连"捷克"这个名字也是费了足足一分多钟才想起来。满脑子都是橙色，比橘橙还要橙的橙色。为这一团一团耀眼的橙色做底子的，自然是那个白色和黑色了。

　　说起来，拉脱维亚穿的也是白色球衣。捷克的球衣更是如火一般的红色。但是，白色球衣（白色上镶嵌的少许的黑色色块）穿在德国身上，就有了不一样的视觉内涵。它代表沉稳、理性，或许还被认为是抽象和形而上的，由此联系上康德的哲学体系，包豪斯的建筑美学。再然后，具体和形而下一点，白与黑，也可以被演绎为"战车""堡垒"乃至"帝国"这样的词汇。原因很简单，因为它是德国，与拉脱维亚不一样，在足球史上，它绝不是无名之辈。

　　同样，橙色穿在荷兰身上，这个与红色相近的颜色，那意义也大不一样了。它真正被赋予了"激情的""艺术的""才华横溢的""浪漫的"……诸多华美的含义。这不免让人想到凡·高，这位天才的荷兰画家。橙色也是这位画家的标志性颜色。但这个也仅仅是"事后"的联想和赋予。如果荷兰足球没有创造过自身的业绩，有过那么多炫目的奔跑于欧洲各大赛场的巨星，一百个凡·高也帮不上忙。不是吗，捷克也有伟大的小说家哈谢克和米兰·昆德拉，又如何呢？捷克的红色球衣一样的显得苍白，一样的被看过橙色之后的眼睛所遗忘。

　　说到这里，我想起了我在看捷克和拉脱维亚那场比赛的时候，由于打开电视机的时间晚了那么几分钟，我一直处于分辨不清红色球衣和白色球衣所属哪个球队的境地。尽管解说员的口中频频出现球员的名字，但对于我来说，那些名字跟外星人的名字一样，听了也是白听。我就猜，很盲目的，或者仅仅依托名字中带什么什么"斯基"或什么什么"夫"的尾音猜。开始，我以为红色球衣的就是拉脱维亚，白色球衣的是捷克。这让我看得很累，或者说很分心（这可能也是后来对这场比赛的情景淡忘的一个原因吧）。我就想，随便哪个队先进一个球都好啊，那样，我就把球衣的所属分个清楚了。但他们就是不进，似乎故意让我这么辛苦地去猜。后来，我想看清他们球衣上的国旗，这也不失为一个办法。但是，标志是那么小，镜头也不善解人意，总是很少拉到近景。就算拉近了，也是一晃就过去。好不容易，在上半场临近四十五分钟的时候，我兴奋地看见了球衣上的国旗。啊，红色的捷克，白色的拉脱维亚。而也就在这个时候，白色的拉脱维亚出人意料地攻进了捷克的城门。说"攻进"有点勉强，因为那一个球毫不显眼地，就那样若有若无地从捷克守门员的脚边滚了进去。

悬念才是关键

意大利对瑞典那场，上半场结束，我就去睡了。其实我很想看，但我实在太困。托蒂吐口水把自己吐到了观众席上，和女朋友坐在一起，成了一名普通的看客。前锋的位置给卡萨诺让了出来，意大利一下有了"木乃伊归来"（我觉得这比"王者归来"更准确）的感觉。连皮耶罗都跟着有了复活的气象。卡萨斯、维耶里乃至皮耶罗都兴奋地射了球，虽说只有卡萨诺一球中的，但是，意大利的球迷们（也包括我们电视机前的）几乎都将呼喊悬在了嗓子眼里，期盼着，还有，还有。同时也担忧着，挺住啊，挺住。期盼是常情，担忧也不是没有道理。英国就是例子，最后三分钟，连失两球。尤其像意大利这样刚刚开始复活的"木乃伊"，担忧就更在情理之中了。所以，下半场是很有悬念的。而我，却要在悬念中睡了。

现在，我起床了。没去买报纸，也没到网上去看新闻。我不知道结果，悬念还在心中挂着。昨天下午，老婆就透露了一个信息，下午电视会重播。她的意思是，其实可以不那么辛苦地看直播了。但事实是，我睡了，她没睡。仍然是悬念的作用。知道结果了，还有什么可看的？所以，如果我今天还要看下午的重播，就最好不要知道结果。

以前看京戏的戏迷们不是这样。一出《霸王别姬》或《贵妃醉酒》，看过无数次，剧情和结局都知道了，却每次都看得如痴如醉。这说的是艺术欣赏。有人也将足球比作艺术，说的是看球技，看战术，体会一种节奏。我不相信。足球就是竞技，没有了胜负的悬念，那样的跑来跑去跟梅兰芳的唱来唱去根本就不是一回事。假球迷的本质就是不愿意承认自己有跟普通人一样的胜负欲望和好奇心，号称追求什么过程，这很可笑。

当然，也有另一个极端。曾经有个家伙，很不耐烦足球不像篮球那样一会儿进一个，一会儿又进一个那么过瘾。他买了若干的射门集锦，专门欣赏历代经典进球。这就不只是可笑了，那跟看毛片有什么区别？

悬念导致激情，也带来等待下去的意义。我曾经说，人到中年，该经历的都经历了，什么事情一开头就知道结果，活得没有悬念，也就等于失去了激情，万念俱灰。而足球，之所以能够煽动起这么多人的狂热情绪，就因为，它不单单能够混时间，还让人充满期待。人们习惯把足球比作战争。战争也是有输赢的，也是充满悬念，让人期待，让人迸发出激情。现在，传媒的发达，战争也能现场直播了，如打伊拉克那次，跟看什么"杯"似的。但我想，这不像是一件好事，此竞技与彼竞技怎么说都不能同日而语，有形式的相似，却有本质的区别。但是，希望全世界的敌对双方都能到足球场上解决恩怨，这当然不太可能，只是一种良好的愿望。

话说远了。现在的问题是，要不要马上知道结果呢？有没有那个决心再折磨自己几个小时，将重播当直播一样看？我很矛盾。我的思想在进行着激烈的斗争。

啤酒与足球

　　上半时四十分，托蒂联合皮耶罗在丹麦门前制造了两次险球。下半时大约三十分，意大利门将布冯在两秒内连续两次扑出丹麦的射门。最终，这场意大利对丹麦的比赛以0：0战平。一场乏味的球，这是第二天报纸的普遍评说。之前，我在天涯网上看见有人发帖，以"王者归来"对意大利寄予厚望。现在真不知道那个发帖的兄弟是怎样的心情？也是在第二天，我在看鲁健的新闻时才知道，之后（深夜两点的瑞典对保加利亚）那场比赛出乎意料的精彩，可惜我没看。

　　我在看意大利对丹麦的时候，一直在喝啤酒。准确地说，从等待比赛开始之前，我就已经喝上啤酒了。到比赛结束时，我就醉得不行了。而且，跟很多人一样，没有先知先觉，也不看好后一场比赛。这是有点遗憾。但总的说来，我很满足了。包括意大利的平局。我平常也是凌晨还没睡的，那是失眠。看球让我把本该失眠的时间混了过去，完了一上床就睡得很好。我看球的时候，也没倾向哪一边。说实话，哪边输球我都于心不忍。我一边喝着啤酒，一边就在想着我和这两个国家的亲近程度。因为我不懂球嘛，只能想这个。意大利有我最喜欢的小说家卡尔维诺，《寒冬夜行人》是我从 80 年代到现在都还继续在阅读的一本小说。近期正在看的书中也有他的《看不见的城市》。还有诗人夸西莫多和蒙塔莱，我初学写诗的那个年代，是经常被我们这些文青挂在嘴上的明星之一。丹麦也是一样，安徒生不用说了，那是每一个中国儿童都熟悉的讲故事的爷爷。更主要的是，这一两年来，我一直在断断续续阅读克尔凯郭尔的哲学书籍。这个丹麦哲学家可能没有安徒生那么有名，但是，就他对世界的影响，那也是不可低估，而且还在继续着的一件事情。所以，作为观球者，我很难在这两个国家之间，确定哪一个是自己的"主场"。只要他们遭遇在一起，就足够我浮想联翩，度过一个愉快的夜晚了。

我不是球迷，但我经历了中国足球那些个热和冷的过程。我很不愿意地承认，足球对于中国人来说，实在是过于沉重的一个话题。这个球啊，它已经不单纯是蹦蹦跳跳的一个球。而是一颗心，一颗负载了太多悲喜与得失的中国心。幸好中国足球太不争气，导致人们彻底的绝望，这颗悬着的心才复归本位。少了那种宏大寄托的中国球迷，逐渐地恢复其游戏的天性，开始享受足球。

在我的身边，一位外号叫"右边卫"的朋友，是我认为很早就懂得享受足球的为数不多的球迷之一。中国足球火爆的时候他看球，冷淡的时候他也一如既往地坚持从"甲 A"看到

"中超"，不以成败为转移，不寄予那些足球达不到的希望。不仅如此，"甲B"他也看，女足他也看，甚至"乙级"他都要看。是球他就看，看的也就是球。这才是真正的球迷。就像一个真正的酒徒，从不在乎酒的好坏，见酒就高兴，好的就是这一杯。

连续两天买错了报纸

　　连续两天买错了报纸。我买《足球》，却买成了它的增刊《足球·大赢家》。我不赌球，不买彩票，这报纸我自然是完全看不明白。最先发现这个问题的还是我老婆。她说，你买的报纸怎么尽是表格和数字？我说，怎么会？拿过来一看，果然。我每天买报纸的主要用途是看赛事预告，这只要看头版就够了。所以，并没察觉到自己买错了报纸。

　　我想到了老张，他爱赌球，不仅世界杯要赌，国内联赛他也赌。赢过球，也输过球。1998年世界杯他赢得不少。但是，2002年世界杯他就输得很惨。输在韩国队上。凡和韩国交手的队，他都下错了注。因为他懂球，懂球的人才会绊倒在韩国这匹"黑马"跟前。从此，跟韩国结下了仇。这次我猜，他可能又要跟捷克和拉脱维亚结仇了。为了证实一下，我给他打了个电话。最近在干什么呢？我问。哎呀，别提了，兄弟。电话那头的声音疲惫不堪。我在拿钱打水漂，他说。嘿嘿，是德国还有荷兰帮你打了水漂吧？他"嗯"了一声，果然就是这样。老张其实是一个理想主义者，也是性情中人，更是固执的人。他不是那种纯粹的赌徒，而是在拿自己的喜好赌。2002年那次，几轮下来，傻瓜都看出来，是该将宝押在韩国队身上了。但是他不，他要赌自己心仪的球队赢，输钱也在所不惜。老张是资深球迷，所以我才猜得那么准。一个资深球迷是不看好捷克和拉脱维亚这样的足球"穷国"的。

不仅仅老张是这样，媒体都是这样。像俄罗斯、保加利亚这样的球队，死活是没人感兴趣的。你本来就那样了，你能来"出席"一下就是你的"出息"，你的荣耀了。法国、英格兰、意大利、荷兰乃至德国就不一样了。意大利与瑞典战平，都要引来若干"愤愤不平"。为卡萨诺被愚蠢地换下场愤愤不平，为意大利"断送"在特拉帕托尼手中而愤愤不平，更为荷兰在2∶0领先的情况下被捷克3∶2反败为胜而愤愤不平。这所有"不平"后面，都有一个潜台词，怎么就输给了瑞典、捷克呢？要输也要输给法国、英国嘛。典型的足球王国的贵族意识，"不平"的是"阶级侵犯"。纵然是一场游戏，也脱离不了阶级社会与生俱来的势利和偏见。

像今天，虽然"捷克"两个字占据了各家报纸的显著位置。但看一些资深球评家的语调，怎么看都有点酸兮兮的。荷兰输得这么难看，都没能够阻止球评家对其送上"欧洲明灯"这样抒情的挽歌。而他们看捷克以及拉脱维亚的眼神，怎么看都像是在看一个"暴发户"。穷小子，算你捡了个便宜。我想的话，可能只有博彩公司笑了。商人唯利是图，才不管英雄落寞呢。

　　小组赛差不多就要结束了，马上就将进入第二轮角逐。"黑马"们冲入贵族的领地混战，我们的老张就惨了。他究竟站在谁的一边呢？这可是要拿钱来说话的啊。

老欧洲，还是新欧洲

英格兰出线了，法国出线了；意大利出局了，德国出局了。如果我把这个结果看成是同盟国对轴心国的胜利，免不了要被戴上一顶"二战思维"的帽子，这帽子可比"冷战思维"还老土，还要不合时宜。但是，今年是纪念诺曼底登陆 60 周年，我要这样"思维"一下似乎也情有可原。

欧洲已经一体化，这是事实。随着欧盟的"东扩"，一度的东、西欧洲的历史便被欧元和欧洲宪法所彻底埋葬。但是，一体化的欧洲，是否必然就是一个新欧洲呢？我以为，新与旧，还得看思维。思维不是策略，不是权宜之计。人们依据眼前的利益选择结盟或者决裂，这是政治。而思维则是一种文化。文化就是成见与偏见的累积。比如足球，按老欧洲的思维，现在的"八骏图"应该这样绘制：葡萄牙 VS 英格兰；法国 VS 西班牙；德国 VS 荷兰；意大利 VS 俄罗斯。这样绘制，连中国球迷都会很满意。在看待足球上，可以说全世界大多数球迷都是这样的老欧洲思维，即八强中应该有意大利、西班牙、德国。因为他们都曾经是足球王国的君主。至于为什么要有俄罗斯，这是我依据"政治"而有点开玩笑的思维，但在某种意义上，也符合"老欧洲"一贯的"策略"：不能没有这个北方佬，不然他会"捣乱"的。

但事实是，上帝没按老欧洲的思维绘图。捷克、瑞典、丹麦、希腊进了八强。这四个足球王国的"草民"，取代了那几个"国王"的位置。这看上去不是那么理所当然的，所以，媒体才普遍对这一现象使用了"起义"二字来形容。也可以这样说，欧洲足球依据上帝的意志，实施了一次"东扩"乃至"北扩"。如果从政治的角度看，这意义比欧盟的东扩还要意义重大和意味深长。因为北欧，这个在两次世界大战中均保持中立的地区，一个多世纪以来好像是很少介入欧洲事务的。现在，他们借着足球，伙同"外来者"捷克，打破了"老欧洲"的平衡。一个"新欧洲"的雏形，就这样呈现在现在的"八骏图"上。

但是，这是不是就意味着"新欧洲思维"已经开始在足球王国占据主流了呢？还不能这样乐观。欧洲之所以"老"，正是因为它文化积淀深厚。深厚也可以说是顽固。顽固的偏见。国王就是国王，草民就是草民，并不因为草民"篡位"就马上认同其合法性。这就是"老欧洲"的思维。因此，捷克、瑞典、丹麦、希腊的出线，除了所在国的球迷和媒体在自个儿狂欢以外，整个"老牌"的欧洲并不为此兴奋。相反，他们用了太多抒情的言辞，在为没有能够成功归来的"国王们"感到惋惜。他们没有看到或不愿意承认这个"新欧洲"的必然性，而是当成一个意外。诚实一点的，也承认是"耻辱"，当然是尊贵者面对贫贱者的耻辱。

因此，我的观点是，"新欧洲"可能成为一个事实，但"新欧洲思维"还远远未成为主流。这说的还不仅仅是足球，政治亦然。

蓝色被蓝色颠覆

之前就看过一篇文章，说我们中国人对法国有诸多误解。其中误解最深的是两个词：一是"浪漫"，二是"革命"。文章说，事实上法国人一点不浪漫，相反，他们很讲究实惠，"一夜情"要有，但"账单"也得看。在法国，读诗的人远远没有中国多，包括法国诗，也是中国人比法国人要读得多。其实还不仅仅是中国人，俄国人也受了"法国浪漫"的欺骗。19世纪时，陀思妥耶夫斯基的小情人跟"老头"赌气，只身跑去法国，邂逅一巴黎小白脸，陷入疯狂爱情而不能自拔。但事实证明，这小白脸根本没把俄罗斯小女人当回事，"几夜情"之后逃之夭夭，连旅馆的账单也是"老头"风尘仆仆从圣彼得堡赶来帮着支付的。

再说"革命"。法国人从罗伯斯庇尔的"大革命"开始，就跟资本主义和资产阶级结了仇。无论是知识分子还是产业工人，尊崇的大都是有共产主义和社会主义色彩的"左派"学说。但实际生活中，他们并不想"无产阶级"化，而是处处表现出对资本主义的"法国大餐"那种持续的迷恋。倒是我们中国人，世纪初在那边"偷回"革命火种，把"神州大地"搞了个天翻地覆。

我没去过法国，跟许多中国人一样，是从小说、诗歌、绘画乃至电影认识的这个国家。所以，我特别要感谢足球，尤其是 26 日凌晨的这一场足球，让我对法国的"另一面"有了一些了解。可以这样说，如果我们没有在"浪漫"和"革命"的误区中"解放"出来，那么，这可能就是本届欧洲杯最看不懂的一场球。不懂法国人在如此生死抉择中还那么"胸有成竹"？不懂在 0∶1 落后于希腊的情况下，他们仍然跟在睡觉似的那么"迷迷糊糊"？不懂齐达内何以修炼得那么"好好先生"，就像这场比赛与他无关一样？不懂那 10 个穿一样蓝色球衫的人，看上去就像偶然邂逅在阿尔瓦拉德球场上的一群互不相识的陌生人……

开赛几分钟后，老婆就问我，想哪边赢？我说想希腊。我对法国队早已不耐烦，想看到他们尽快从欧洲杯中被赶出去。这其实也是一种"法国式"的精神，旧的不去，新的不来。只不过，这"精神"仅体现在我这样的看客身上，而法国人自己，就像一辆老朽的牛车，依然保有良好的贵族似的自我感觉。我还预言，希腊先进球，并且没有加时赛。但老婆的"浪漫"情怀丝毫未减，她还存有法国对英格兰那一次那样的幻想，还在期待着最后三分钟，或者齐达内，或者亨利的奇迹再现。但是，事实最终证明，上帝已经不是一个会说法语的老头。

听说，希腊的标准队服也是蓝色。也就是说，如果不是法国穿了蓝色球衫，他们也应该是穿着蓝色球衫上场的。那么，是蓝色的希腊颠覆了蓝色的法国？不，应该是，蓝色的法国颠覆了蓝色的法国。连中学班主任在教训学生时都会的一句格言：记住，打败你的永远只有你自己。

地下工作者

　　我越来越觉得，我们这些看欧洲杯的人，像地下工作者似的。走在成都的大街上，是看不出欧洲杯的痕迹的，跟没发生一样。但事实上，这事情是发生了。好多人，白天你看他没什么，其实他昨晚上就狂欢过。只有同样也狂欢过的人，才能从普通的外表下看出来，啊，这个是自己人。当然，什么劳儿啊，菲戈啊，卡恩啊，卡萨诺啊，就是这些做隐蔽工作的人交换情报的暗号了。我甚至觉得，处于"地下"的这些中国球迷的绝对数字，还要超过那些暴露在阳光下穿红戴绿的欧洲球迷。因为，我们本来就人多嘛。在这里是少数，放到欧洲那边去就是很多了。所以，我还在想啊，我们是没钱，也没时间，要不然，葡萄牙那几个有比赛的城市街头，还不尽是黄皮肤、黑眼睛的中国球迷？

　　我问我老婆，你有钱的话，去不去看现场？她说，那肯定去。她喜欢现场。她看球的兴趣就是那次看 AC 米兰来成都与全兴队比赛的现场而被培养起来的。门票还是我给她的。那以后，她就成了全兴队的球迷，有机会就要去现场，很狂热的一个人。开始我还偶尔和她一起去。但马拉多纳带博卡青年队来成都那次，我们去了现场之后，她就不让我和她一起去了。原因是，她老要激动，跟真的球迷似的，要喊，要叫。我呢，老要说她，这么激动干什么？这让她感到和我一起看球放不开，有压力，没意思。

你呢，她问我，你会去葡萄牙吗？我还没回答，她就自己替我回答了。你肯定不去，她说，你不喜欢现场。我说，我要有钱怎么不去？只是，我说我可能去了也不一定去现场。我就坐在里斯本的街头酒吧跟那些高鼻子球迷一起喝啤酒，看电视转播，就行了。我把门票钱节约下来，球赛期间就在欧洲那几个国家旅行，旅行到哪里，就在哪里找个酒吧，也不一定看转播，喝喝啤酒就可以了。

世界杯的时候，法国和韩国那次，尤其是韩国那次，国内飞去现场看球的人也蛮多的。尤其影视圈那些人，炒作得很厉害。看看，我要去巴黎（或者首尔）看球了。就跟一个民间故事讲的，穷人吃到肉了，然后逢人就讲，我吃肉了，我吃肉了。媒体也是这个意思，看，咱们中国人也可以满世界去看球了，国力的象征啊。

这次好像没这样的报道了。我猜测，跑出去看球，这事情不新鲜了，没炒作价值了，何必花那个冤枉钱？本来也不是真的那么喜欢足球，不过是凑热闹罢了。就像"三高"在故宫搞演出那次，好多名人都去了，那票可是天价啊。但是，不去行吗？某某都去了，我不去，那就掉价了啊。就是这样，也不在于真要喜欢那个帕瓦洛蒂，那个美声什么的。

　　扯远了。我其实想说的是，真正的球迷们已经于深夜不声不响地潜入了葡萄牙。到白天他们又若无其事地回来了，像个真正的"地下工作者"一样。

老婆，我们见证了历史

　　随着主裁判莫克的一声哨响，我和我老婆的欧洲杯也宣告结束了。老婆转过身来，冲着我伸了一个懒腰，那意思是，啊，好累好累。而此时的我，也是眼皮发涩，脑子里有嗡嗡的啸叫声，一种极度疲劳的症状。我张了张嘴，很想跟她说一句这样的话："这是值得的。老婆，我们见证了历史。"但事实上我没说。我知道，这么崇高的话，在我和我老婆之间说出来，会显得很别扭，很滑稽。于是，我选择了一句比较保险的，不那么容易引人发笑的话，来表达这个结束时刻一种非表达不可的心情。我说："江山轮流坐。"

　　我曾经说过，这次欧洲杯最有意思的是，创造了一个圆圈似的故事结构：以葡萄牙对希腊开始，又到希腊对葡萄牙结束。尤其这最后的比赛结果，导致这个结构达到完美的程度：希腊以胜葡萄牙开始，又以胜葡萄牙结束。其完美的程度，就好像是上帝画的一个圈。的确，除了上帝之外，没有别的解释。人们一直不看好希腊，因为一种思维的惯性，一种情感的偏好，总是把希望和赌注寄放在那些"豪门"身上，哪怕一次次失望也在所不惜。就到上帝已明显地露出要画满这个圆圈的意图的时候，大多数人，仍然看好的是葡萄牙。虽说葡萄牙跟希腊一样，也从未获得过欧洲杯的冠军。也就是说，希腊和葡萄牙，谁获冠军，都是对历史的创造。但是，人们还是觉得，由葡萄牙来创造这个历史，似乎更加符合"历史"一些。导致这个"逻辑"的原因其实很简单，葡萄牙距离那些"豪门"更近，葡萄牙有菲戈这样的大牌球星，因此，它能够获得冠军，多少可以弥补一下人们对"豪门"的失落。我还记得，当荷兰赢了瑞典之后，就有媒体做出"理性的复归"这样的标题。所以我想，如果葡萄牙最终赢了希腊，也算是"理性"的"复归"了。

欧洲杯跟我没有切身的关系，谁输谁赢，不会令我情绪激动。但我又在分析，为什么我会在希腊捧起冠军奖杯的那一刻，油然而生"见证历史"那样的崇高感呢？一般来说，一个跟自己完全无关的事情，是不会唤起那样的感觉的。这样说来，欧洲杯跟我还是有一点关系，虽然不是切身的那种。分析的结果是，我与欧洲杯的关系不在欧洲，而在身边。是"身边的欧洲杯"，引发了我对这场赛事的结果关联，滋生出"见证历史"那样的崇高感，并说出"江山轮流坐"这种话来。看球是不需要思考的。只是，"身边"总有人在思考，自己才不可避免地对那些"思考"有所思考。

我老婆说，好了，可以睡觉了。是的，我又想起了一休和尚的话：就到这里吧。

第三辑

与阅读有关

图书馆

我曾经想当一名图书管理员，这倒不是因为我的偶像博尔赫斯既写过像《巴别图书馆》这样的小说，也曾经当过图书管理员乃至图书馆馆长。我的这个愿望在十岁左右就有了，那时我还不知道有博尔赫斯这个人。

我出生在一个小县城。大约十岁那年，我办理了我的第一张借阅卡，我的阅读生活可以说是从这个时候开始的。那时候，县图书馆也没有多少可读的书。或者说，适合我阅读的书很少。尽管如此，一年下来，我的借阅卡还是被填满了。管理图书的是我的一位邻居阿姨。她问我，这么喜欢读书，将来长大了想当什么？我说，像你一样，当图书管理员。她就笑起来，说这个想法没出息，应该当科学家。她是见我一本一本地借完了全套的《十万个为什么》，才这样认为的吧？

我十五岁就到外地一个歌舞团工作了。那个城市有一个比我们县城图书馆大得多的图书馆，是我每个礼拜天必去的地方。正是 1979 年"思想解放运动"的时候，大量被禁图书解禁，全民掀起读书热潮。图书馆的阅览座位供不应求，我总是早早地到，先借出这一周内要读的书，不能借走的文学期刊就在阅览室读。我一两个月就要换一次借阅卡，这引起图书管理员的怀疑，借这么多看得完吗？我说，我真的是看完了的。我一度还萌发过从歌舞团转行到图书馆工作的念头。但他们告诉我，图书馆不缺人。

但逐渐地，图书馆就衰落了。先是我回县城的时候，看见县图书馆搞起了多种经营，以前的阅览室被租出去开了麻将馆。我的邻居阿姨已经是图书馆馆长了，她告诉我，几年都没购进过一本新书了，上面的拨款只够付人员工资。而歌舞团所在城市的图书馆也好不到哪里去，也是将多间阅览室出租，要么办了舞厅，要么做了商场。

1992年，我到了成都。成都是四川的省会，省图书馆坐落在这座城市最繁华的地段上，是我经常要路过的地方。但是，我却一次也没进去过。每次路过我都会想，现在是哪些人在这里借书和读书呢？还有人去图书馆吗？省图是不是也没钱购新书？如今它存在的理由是什么呢？总之，就实际情况而言，图书馆早就消失在公众的视野之外了。

我读到过关于国外图书馆的一些资料和报道，比如美国、法国和日本，图书馆一直没有退出过公众生活。我想象中的图书馆也应该是这样，它的存在不仅是这座城市不可替代的标志和象征，也是公众实际上的精神归宿。它不是死的知识的仓库，而是活的文化传播场。当然，我这样想是太理想化了。因

为，要做到这一点，还不仅仅是钱的问题，而是一个城市有无
对于一座图书馆的现实的和历史的定位，以及是否有一个像我
的偶像那样的一生忠实于图书的图书馆馆长。

我习惯躺着看书

　　很久很久以前，我就有了躺着看书的习惯。我只有躺着才能将书读进脑子里。所以，我在课堂上的成绩一贯不好。我现在掌握的一些知识基本上都是在课堂外获得的。

　　我为什么喜欢躺着看书呢？毫无疑问，主要是这样看书很舒服。我相信世界上喜欢躺着看书的人一定不少。有的人没有养成躺着看书的习惯，不是说他们不喜欢，而是不敢。因为我们从小就被告诫，躺着看书坏眼睛，是有损健康的坏习惯。

　　但是，也正是这样的告诫引导了我的这一习惯。倒不是我想要反叛什么，而是出于一种虚荣。那时候，戴眼镜的人特别受社会的尊敬，我就想自己要能戴一副眼镜那是多么的神气。毫不隐瞒地说，最初的动机，就是想把自己的眼睛搞坏，以便能戴上一副眼镜。不过，说起来也很失败，我眼睛怎么搞都不坏，躺着看一二十年了，视力现在还是奇好。眼镜没戴成，受人尊敬的知识分子也没做成。当然，这习惯以及习惯导致的结果让我在教育下一代的时候有点尴尬。我女儿在还没有躺着看

132

书的习惯之前就戴上了眼镜。戴了眼镜之后她才开始躺着看书，这让我说她不是，不说她也不是。她反过来还教育我，说老爸你那么想戴眼镜其实很傻，知不知道，戴眼镜是很不方便的。

我当然知道戴眼镜的弊端很多，我也仅仅是少年时候有过这个梦想，长大成人之后，除了躺着看书的习惯一如既往，做知识分子的奢望是早就没有了。

在家里就不说了，躺床上看书那是常态。出门在外，我觉得特别舒服的就是躺在火车和轮船的卧铺上看书。摇摇晃晃的，看着看着就睡着了。只有飞机上我看不成书。伸直了背坐着，怎么能看得进去？有一次长途飞行，实在难打发时间，便想改变一下看书的习惯，尝试坐着看一本书。结果还是不行，头晕脑涨，根本看不进去。因此，我一生中特别佩服那些能够坐着看书的人。

昨天晚上，我躺着看完了一部九万多字的长篇小说。《生死朗读》，作者是一位名叫本哈德·施林克的德国当代作家。这本书我买来一年多了，放书柜里一直没去动它，昨晚上鬼使神差翻出来，准备用作睡前催眠的。哪想到一口气就读完了。读完之后，那感觉，可用四个字概括：掩卷沉思。我真的是有这么严肃。合上书，从床上起来，披上衣服坐在窗前抽了一支烟。这也是我的一个习惯之一，躺着看了一本让我有所触动的好书，我一般都要坐起来抽一支烟，做一做沉思状。所以，有哪个作家朋友送我一本新书，我如果告诉他我看了之后坐着抽了一支烟，那就表明我在夸这本书写得好。

童年·在人间·我的大学

　　我生于 1963 年。如果没有特殊原因，这个年代出生的孩子，在他们长大成人的过程中，基本上都没有看过几本能够真正称得上是文学的书。我就是这样的一个孩子。当我厌倦了课本，想找点别的书看的时候，却发现，父母的藏书除了《毛泽东选集》和《赤脚医生手册》外，再没有别的了。母亲后来说，她曾经是有过一些藏书的。但"文革"开始后，都扔掉了。我进了歌舞团之后，一位当过知青的小提琴手告诉我，他在"文革"期间就看过《约翰·克利斯朵夫》《少年维特的烦恼》《安娜·卡列尼娜》和《红楼梦》这样的书。我很好奇，问他怎么看得到？他说，他家庭出身不好，所以，红卫兵运动的时候，他虽然没资格参加，但也浑水摸鱼地窜进好多个图书馆，偷了好多在当时被认为是封资修的书出来，悄悄地躲在家里看。

　　我很遗憾，没赶上那样的"好年头"。在我想要看书的时候，不仅家里没藏书，就是公共图书馆也没什么藏书可供你去偷或借了。直到我上初中之前，图书馆压根儿就没开放。所以，书的来源只有新华书店。我在那里买齐了八个"样板戏"的连环画。还有两本连环画是《孙悟空三打白骨精》和《武松打虎》。而且，就是这有限的连环画，书店的柜台里也不是随时都摆得有的，经常断货。所以，当有新货到的时候，书店的大门便被挤爆。

我父亲很支持我看书。我小学的时候看的第一部长篇小说就是他买来给我的，书名叫《向阳院的故事》。没多久，他又为我买回一本书，叫《新来的小石柱》。两本都是当时的作家写给当时的孩子读的。用现在的文学标准衡量，就是垃圾。但我当时是看进去了的，被那种虚假的故事所吸引。

有一天，父亲又给我买回三本连环画书，他说，这套画书根本就没到达门市部，还在仓库的时候，就被得知消息的人一抢而光了。翻动书页时的那种油墨的香气，我至今记忆犹新，以至于我现在只要闻到新书的这种油墨香，马上就会联想起这套连环画。这就是高尔基的《童年》《在人间》和《我的大学》。这套画书一直伴随我从小学进入初中，已数不清看了多少遍。我那时就十分向往高尔基辍学后捡拾破烂和四处流浪替人打工的生活。到上了初中之后，县里的图书馆重新开放，我办了借阅证，借的第一套书就是高尔基的《童年》《在人间》和《我的大学》。是小说，也就是我们当时说的字书，而不是连环画。如果说我在看连环画的时候，更能打动我，引起我共鸣和想象的是《童年》里面的故事。那么，我在阅读小说的时候，则更偏重于《在人间》和《我的大学》的内容了。这时候，我已经脱离了童年而进入到少年时代，理解能力和思考能力都与童年不一样了。我开始为自己的人生打算，想我将来应该干什么？

那时候已经恢复了高考。但我对考大学既无信心也无兴趣。看着班上的一帮"大学迷"连课间休息都不出教室，我只觉得可笑。但我父母是希望我考大学的。作为教师的子女，我不去考大学是件没面子的事情。因此，当歌舞团到我们县里招人的时候，他们封锁了消息。我是临近尾声了，才从另外的渠道知道了这个事情。我十岁就开始学二胡，一直没间断，自认为水平还不差。更重要的是，我把这当成离开家庭过独立生活的一个机会。于是，我带着二胡去报考了歌舞团。而且，一考就考上了。那一年，我十五岁，高中肄业。

当后来有人问我，为什么不考大学？我说，是受了高尔基的影响。这并非虚言。正是高尔基给了我这样的信念，社会就是最好的大学。在《我的大学》里，高尔基与一帮教授们辩论。当这些教授恼怒地问他这些哲学观点是从哪里学来的时候，高尔基（他当时的身份还是一名面包坊的学徒）回答说，是从我皮肉里面榨出来的。现在回想起他这句话，仍然觉得特别的牛×。

大卫·科波菲尔

　　最近，我在读有关陀思妥耶夫斯基的传记资料的时候，得知他曾经十分喜欢狄更斯这位英国作家，并在与新婚妻子安娜·格里戈里耶夫娜旅行欧洲的时候，热情洋溢地向她推荐狄更斯的《大卫·科波菲尔》。

　　卡夫卡在写作之初，也受到过狄更斯小说的影响。他的《美国》（其第一章单篇发表时取名《司炉》）就是"脱胎"于狄更斯的《大卫·科波菲尔》。而我们也知道，在陀思妥耶夫斯基与卡夫卡之间，有着一种隐秘的"文学亲缘"关系。

　　我阅读《大卫·科波菲尔》时，只有十六岁。那时候我已经是剧团的二胡演奏员。但是，我对这一职业并没有由衷的热情。我对自己未来的设想是成为一名作家。我的父母以及我的一位正在写着小说的表舅支持我这一想法。但是，一位年长我十多岁的同事，我们剧团的板胡手兼医生，他告诫我说，当作家并不容易。不过，也正是这位给我泼冷水的板胡手兼医生，向我推荐了第一批阅读书目，其中就有狄更斯的这部《大卫·

科波菲尔》。

所以说，我也应该是深受狄更斯影响的人。但就目前的"效果"看，这影响还不是文学上的。就是说，迄今为止，从我已经写出来的东西中，狄更斯的影响还没有在其中发挥过作用。这是因为我阅读的时候还太小，还根本没有写作的经历，对其文学上的奥秘还缺乏应有的理解和感悟能力。可以这样说，《大卫·科波菲尔》影响的是我的人生。的确，那个时候我是虔诚地想要在阅读中探寻人生的真谛和得到通向成功之路的指引。我还不具备在文学上"偷艺"的能力。对写作我还一无所知。当我真正开始自己的写作的时候，我的阅读兴趣已经转移到"现代主义"那些作家（如卡夫卡、罗伯、格里耶、庞德、史蒂文斯等）身上去了。二十多年过去了，像《大卫·科波菲尔》这样的作品，我没有过第二次阅读。我对它的记忆和印象至今还保持在我十六岁时候阅读的水平。也就是说，我知道它写的是什么，但却不知道它是怎么写的。

那时期读到的且特别值得记忆的还有巴尔扎克的《幻灭》，罗曼·罗兰的《约翰·克利斯朵夫》，以及杰克·伦敦的《马丁·伊登》。了解这几部作品的人一眼就会看出，我的"特别记忆"的隐含意义。即，包括《大卫·科波菲尔》在内，如果要简单而肤浅地进行概括，这几部19世纪的文学作品无一例外地表现了一个共同的主题，那都是"个人奋斗"。在1979年那个"万物复苏"的年代，它们为一个野心勃勃的文学少年提供了精神的滋养，充当了人生启蒙的"教科书"。当然，也不能不提到托尔斯泰的《复活》，以及雨果的《悲惨世界》。但那是另一个精神层面的滋养，另一种思想的启蒙，与"个人奋斗"无关。同样，也与文学无关。仍然是"内容"的影响。或者可以这样说，它们（《复活》与《悲惨世界》）为我的"野心"做了道德上的补充。

但是，我最近隐隐地感觉到，狄更斯对我的影响正在超越"人生"而进入到"文学"。我为此而感到紧张和兴奋。我决定先让自己平静一下（这是必要的准备），然后重新阅读《大卫·科波菲尔》。这种"重读"主要不在于唤起对其"写的什么"的记忆，而是发现和认识它是"怎么写"的。这一方面是洗刷长期以来被自己所忽略的无知（即我在1983年之后对多数19世纪作家作品所秉持的虚无态度）；另一方面，就是前面说的，我敏锐地感到那一种沉淀在体内的影响正在发生某种"转化"。这也是一种"预示"。作为一个仍然在勤奋工作的写作者，我必须顺应并迎接它的到来。

西方哲人说，人不可能两次涉入同一条河流。经过二十多年的时间间隔，我相信，当我重新打开《大卫·科波菲尔》的时候，相比于我的十六岁，它也一样的可能面目全非。

诗人的寂寞

——读《博尔赫斯诗选》

在我学习写作的过程中，博尔赫斯的影响至为关键。我那时候甚至将是否喜欢博尔赫斯作为判定敌友的一个标准。我首先会问，你喜欢博尔赫斯吗？喜欢，那你就是我的朋友。那时候，我还不满二十五岁。二十五岁以后，博尔赫斯爱好者在中国风起云涌，我这样的标准就不适用了。哪有那么多朋友呢？

以上所说的这个博尔赫斯，主要是小说家博尔赫斯。我们认识他，是从1982年上海译文出版社出版的那本《博尔赫斯短篇小说集》开始的。就是他这本集子里的小说，给予了中国文学划时代的影响。这影响在很多人身上至今难以摆脱。那时候我们也知道博尔赫斯同时还是一个诗人，但很多年来，我们只是从杂志上零星地读到一些他的诗歌，其印象当然不及他的短篇小说。这种翻译和出版上的"疏忽"，使得我们在很长时期，都仅仅将博尔赫斯当成一位小说家看待。

汉译《博尔赫斯诗选》于2003年1月由河北教育出版社出版。拿到这本书，我十分感慨，甚至有些恍惚。两本书（《博尔赫斯短篇小说集》和《博尔赫斯诗选》）在出版时间上间隔了整整二十年。这二十年，中国的变化很大，这也包括文学上的变化，作家、诗人个人在生活和写作上的变化。总之，都是今非昔比了。因此，我敢肯定，《博尔赫斯诗选》的出版，再也不会像二十年前《博尔赫斯短篇小说集》的出版那样，带给中国文学界和读书界那种超乎寻常的震动和影响。现在刚学写诗的青年，也不会像当初刚学写小说的青年那样，将博尔赫斯的诗歌奉为楷模。20 世纪 80 年代因模仿博尔赫斯的小说而成为著名小说家的现象，在今天的诗歌界也不可能重演了。诗人博尔赫斯看来是注定了要在汉语世界里寂寞下去了，正如他在西班牙语世界和英语世界的一贯遭遇。

但这也许不完全是一件坏事。我们都还记得曾经"喧哗"的小说家博尔赫斯，当他的小说成为写作界的范本，他本人亦成为读书界的热门话题的时候，其小说和人均已经被抽象、简化到只剩下一些皮毛和骨头。我们开始反感有人提到博尔赫斯，其实就是反感那个被仿效者们"重塑"后的博尔赫斯。十多年来，我甚至不能重新去阅读那本《博尔赫斯短篇小说选》，看见那些文字我就觉得做作得很。这也是因为见过太多博尔赫斯的复制品使然。当你发现周围许多人都操起了博尔赫斯的腔调说话，你没法不心烦。包括你在听到博尔赫斯本人说话的时候，也会心生厌恶。

这其实不关博尔赫斯本人的事。事实上，他是无辜的。他一生都将自己的写作和生活控制得很好，极少受到外界的干扰。但是，晚年的"喧哗"已经不是他所能控制的了。幸亏他没有获得诺贝尔文学奖，这个大众化的声誉。让我们设想一下，假如全世界不同语种的人争相捧读博尔赫斯的小说，那将是何等滑稽的一种场面。作为宿命论者的小说家博尔赫斯，似乎对此也早有洞察。他在这本《博尔赫斯诗选》的英文版前言中写道：

> 我的小说，在一种意义上，是在我之外的。我梦想它们，塑造它们，记下它们；之后，一旦被散发而进入了世界，它们就属于别人了。我所独有的一切，我的朋友们好心宽容我的一切——我的喜爱与厌恶，我的嗜好，我的习惯——要在我的诗中才能找得到。长远看来，也许，我的成败将取决于我的诗篇。

这段话隐含着十分深长的意味。人们因为其小说的成就，普遍地忽略了博尔赫斯作为诗人的存在。但他不仅没有为此而辩护，乃至抱怨。而是感到了一种"宿命般"的欣慰。他意识到，一个属于自己的，不会被简化乃至曲解的"博尔赫斯"，只有在"寂寞"中才能够得到完全的保护和真实的保留。

由此我们是否可以这样认为，"寂寞"对于一位诗人来说其实是一件绝对幸福的事。其"幸福"还不仅仅是由此所得到的"保护"。我觉得，更大的幸福感在于，"寂寞"带来的宁静，能够让诗人倾听到自己内心真实且无比细微的声音。"寂寞"在为诗人提供无边的写作空间的同时，也为诗人选择自己有限的读者（即所谓的"知音"）提供了条件。也就是说，与小说家的"喧哗"形成对比的是，一个在"寂寞"中被"秘密阅读"的诗人无疑是幸福的。说到"秘密阅读"，这使我想到了我的朋友闲梦。若干年前，当他说到自己阅读杨黎、吉木狼格和小安的诗歌的时候，他用了"秘密阅读"这个说法。我很受感动，也很受启发。处于寂静中的诗歌如同一道道无线电波，只有与此相对应的频道才能接收得到。这样的比喻也让我很愉快地联想到，诗人就像一个地下工作者，在看似孤独的环境中，他其实有着若干个单线联系的同志。诗歌也因此而成为一道永不消失的电波。

但愿我能够成为与诗人博尔赫斯保持单线联系的若干同志之一，在寂静的夜晚，打开手上这本《博尔赫斯诗选》，心无杂念地竖起双耳，于倾听中获得一种"秘密的"喜悦。

火车和轮船上的博尔赫斯

从 1986 年到 1989 年，是我坐火车和轮船最多的几年。前几天看见自己的一些旧照片：牛仔裤，花格衬衫，泡沫拖鞋，外加一只牛仔包，就是那几年我坐火车和轮船时的模样。只是还有一件东西是照片上看不见的：《博尔赫斯短篇小说集》。它装在那只牛仔包里，和那些脏衣服、文件袋混在一起。每当我上了船，或上了火车，躺到卧铺上去之后的第一个动作，就是从牛仔包里掏出那本小说集。《博尔赫斯短篇小说集》，成了我的旅行之书。

我为什么要挑选博尔赫斯的小说作为我旅途中的唯一读物？答案或许是，没有第二本书能够盖过轮船的马达声，以及火车厢里的气味；也或许是，没有第二本书，能够与轮船上的马达声，以及火车厢里的气味形成如此和谐的关系；更或许是，没有第二本书，能够让我产生那种身在旅途，而忘记旅途的感觉。那是一种幻想的感觉，以至于我从不在家里阅读博尔赫斯，只有在旅途，我才会打开那些迷幻的页码。

一次，我的朋友陈乐陵告诉我，他觉得《博尔赫斯短篇小说集》是一本始终读不完的书。我马上就懂了他的意思，因为我也有同感。一般我上了火车或者轮船的卧铺之后，总是很随意地翻看其中的一篇小说。从得到这本书一开始，我就没有按顺序去读过。其结果就是，这本集子中的许多篇小说我可能重复读过很多遍，而其中的另一些小说，却始终没有被我碰上过一次。这情形简直跟博尔赫斯在他那篇《沙之书》中的描述如出一辙。奇妙的错失。这并非我的刻意，我真的是多次尝试从头读起，下决心不漏掉其中的任何一篇。但都没能成功。要么是因为轮船到岸或者火车到站而中断了阅读；要么就是眼皮沉重，疲乏不堪而合上书。当下一次重新阅读的时候，我又会发现，仍然是从一篇已经读过的地方开始。直到今天，2000 年 9月，我又拿出这本书，翻看其中一篇，《爱玛·聪茨》，标题感觉陌生，读下去的故事却依然是熟悉的，印象中何止读过一次？

80 年代的一个冬天，多雾的重庆朝天门码头，一艘小吨位的轮船在隐隐约约的江岸上等候着我。已经是上午九点过了，浓雾中却感觉天只是微明。轮船上的船员也是刚刚起床的样子，睡眼蒙眬地蹲在甲板上漱口。我背着牛仔背包踏上晃晃悠悠的跳板，穿过后甲板厨房的气味，在第二层客舱用船票换取了卧具，进了自己的卧铺舱室。一些昨晚上先上了船的旅客还在酣睡，舱室里闷着一股暖烘烘、稠糊糊的气息。当我在卧铺上放平身体并裹好毛毯的时候，轮机舱的机器已经开始轰鸣了，整艘轮船也因此而开始了我多年来已十分熟悉的颤动。十点三十分，轮船起锚，开始往江心漂移，我也正好翻开《博尔赫斯短篇小说集》第 276 页，这一篇是《胡安·摩拉涅》，是不是又一篇已经读过的故事呢？这次好像不那么敢确定。我读到小说的第一句是："许多年来，我总是反复地说，我是在帕莱莫长大的。"是啊，许多年来我也是反复地在对别人说，我是在乌江边长大的，我的父母是教师。

走进“城堡”的迷失

真正影响我写作的阅读，是从卡夫卡的《城堡》开始的。那是 1983 年。

和很多人不一样，我不是通过《变形记》去结识卡夫卡的，而是一下就扎进了他的《城堡》。《变形记》与《城堡》是不一样的作品，前者开篇就说，格利高利一觉醒来发现自己变成了一只大甲虫。而后者，土地丈量员 K 在一个与“现实”别无二致的黄昏进入到这个村子。格利高利因为变成了大甲虫而改变了生活以及生存的境况。K 进入这个村子并没有变成老虎或是一只黄鼠狼，他仍然是一个人，而且是一个有身份的人。这里的“身份”既代表职业也代表地位——他是城堡官方邀请来的土地丈量员。但是，他的生活和生存境况也在他进入村子之后受到了改变。K 的境况从本质上说与格利高利是相类似的，一种带有“存在主义”意味的荒诞感。但是，其外在的表现形式却有很大差异。一个是将荒诞置于前台，一个是将荒诞隐蔽在幕后。我这样比较的意思是，如果我当时先读到的是《变形记》，我的写作练习可能会是另一种开端。记得马尔克斯在回忆其创作生涯的时候说过，当时他还是一个住在学生公寓的大学生，读了好多像托尔斯泰和巴尔扎克这样的作家的作品，正为自己该怎么写而苦闷着，忽然有一天，读了卡夫卡的《变形记》，他惊讶得从床上掉到了地下，内心涌起一阵狂喜，原来小说也可以这样写，那我也能写了。我们从马尔克斯后来的成名作《百年孤独》里，不难发现《变形记》的影子。

但是《城堡》，它的那种掩饰在不动声色、毫无夸张之处的"现实主义"表层下的荒诞意识，却无疑让一个初学写作的少年感到了"写作的难度"。

将卡夫卡连同《城堡》推荐给我的，是一个叫朱亚宁的人。他当过知青，上过大学（77级中文系），已经在杂志上发表过中、短篇小说。他面容冷峻，目光忧郁。事实上，在我那时的眼中，他就是卡夫卡本人及其笔下人物 K 的现实翻版。可以这样说，《城堡》文本中的卡夫卡以及现实生活中的朱亚宁对我一开始的写作构成了双重的影响。这影响既是文学意识（包括写作手法）上的，也是世界观上的。当我开始以一个写作者的身份面对物质的世界和语言的世界的时候，就已经"卡夫卡化"了。所谓"写作的难度"也正在于此，你完全被那个风格性很强的"城堡"的阴影所笼罩，就算后来你知道了格利高利也可以变成大甲虫，从而开始其"想象"的旅程，但是，K 的一心要见城堡长官的执着，也让你对于那个幻象似的"文学城堡"的追寻变得执着甚至是执迷起来。

"城堡"之外，一切皆浅薄。这是我处身"城堡"之内将近十年的想法。

　　卡夫卡对中国文学界的影响不可谓不大，但其"传人"并无博尔赫斯和马尔克斯两位拉美作家那么多，甚至几乎没有。这是一个有意思的现象。我的文学引路人朱亚宁没有写卡夫卡似的小说，本来我觉得他是最可以那样写的。如果要勉强找一个"传人"的话，湖南女作家残雪有点像。只是，她用力过了一点。或者说，有一些华丽和做作。这从残雪小说的立意以及语言上都可以看到。卡夫卡的立意是很隐蔽的，也可以说是不确定的。所有我们知道的卡夫卡的立意，都带有"阅读阐释"的意味，不一定是"本意"。而卡夫卡的语言形态就更是十分克制，乃至到了"干枯"的地步。卡夫卡小说的德语是最没有"文学性"的德语，这个很重要的语言问题汉语的翻译者是注意到了的，但我们的汉语作家们却少有认识。

　　我无力"干枯"，最终我走出了"城堡"。

　　2001年，我认识了一个小朋友，他叫乌青。他写诗，也尝试着在写小说。那一年，他的诗已经写得很好，小说还在练习阶段。仅我看见的几篇小说习作，已经让我感觉到了一种未可限量的可能。我问他喜欢谁的小说？他回答的第一个就是卡夫卡。这让我大吃一惊（像他这样出生于20世纪70年代末的人少有知道卡夫卡的，更别说喜欢）。我问他读过《城堡》吗？他说没有。那你读的什么？他说，是《饥饿艺术家》和《歌手约瑟夫和耗子》那一类的短篇，以及更短的像笔记一样的东西。他这样一说，我就明白了。也就是说，他与我不一样，是在完全不同的"季节"和"环境"里认识的那一个卡夫卡。也可以说是另一个卡夫卡。就这点而言，他有可能接近那个我无力企及的"干枯"。

月亮与六便士

　　在我搜索 80 年代的阅读记忆的时候，差点就漏掉了英国作家毛姆和他的《月亮与六便士》。这本小说在 80 年代并不是阅读界的热门读物，毛姆好像也不是特别受文学界推崇的作家。我敢说，在很多人的书目中，遗漏他应该是很自然的了。但我对于这本小说的记忆，却是一个例外。原因是，它总能让我回忆起一个早已失去联系的朋友，以及那一段过往的生活。

　　这位朋友叫欧阳无尽。

　　那大概是 82、83 年吧，我通过我们剧团的一位小提琴手，认识了欧阳无尽。他和小提琴手是知青时期的朋友，在年龄上自然也要大我近十岁。他不写作，但酷爱阅读，《月亮与六便士》就是他推荐给我的。他那时已经结婚，并有一个上幼儿园的儿子，与妻子的感情看上去不是很融洽。他对文学作品有独到的眼光，对作家也有自己特别的偏爱。他还有买书作为礼物送给朋友的嗜好。他送过我三本书，其中毛姆的小说就占两部，《月亮与六便士》以及《刀锋》。他送朋友的书都要题上几行文字，签名并盖上图章，好像这书是他自己的著作一样。

读过《月亮与六便士》的人都知道，这是一部以印象派画家高更为原型的小说。搞文学的人说起印象派画家，首先就会提到高更，我想这也许与毛姆的这部小说不无关系。我那时还是一位文学青年，阅读不仅仅是为了学习写作，可能更多的还是对人生的间接体验。通俗地讲，每读一部喜欢的小说，都是一种全身心的融入，与现在不一样，读什么都保持着一种清醒与距离。《月亮与六便士》便是当时我最读得进去的一部小说。塔希堤，到今天仍然是我意识深处挥之不去的一个美好地名，一个精神上的寄托地，尽管我早已过了对人生做浪漫之想的年龄。

我相信，欧阳无尽如此推崇《月亮与六便士》，也是因为那个永远的塔希堤。这意义对于一个在婚姻中的阅读者而言，尤其如此。后来，他离婚了。离了婚后的欧阳无尽对于小说的阅读热情便有所减退，我感觉是这样的。尽管我们有时见面也还谈起一些新出版的书籍，但从他的眼神中，我再没有遇见过他在谈起《月亮与六便士》以及《刀锋》时的那种略有点神经质的光亮。再后来，他又结婚了，言谈举止更趋温和与平常。我不知道他对自己的第二次婚姻是否满足，但好像周围的朋友都是有点失望的。

在我印象中，欧阳无尽也萌动过写小说的念头，那好像是在他第一次婚姻破裂和第二次婚姻尚未开始的阶段。如果说《月亮与六便士》是以高更为原型，那他的小说将以谁为原型呢？他说，如果要写，就是以自己为原形了。然而，我们终于没能看见他动笔写那部他要以自己为原型来写的小说。接着就是第二次结婚。新的妻子比他小许多，但是并不漂亮，据说，也不温柔。

如愿以偿

2000 年，我多次在好友中茂面前讲起同一个故事：我曾经两次在图书馆借回《辛格短篇小说集》，两次起心吞下这本书，但最终还是归还回去了。那是 20 世纪 80 年代初，我强烈地喜欢着辛格的短篇小说。我已经看过他的长篇《卢布林的魔术师》，之后，我被他的这些短篇所征服。可以这样说，辛格的短篇是我在 80 年代后期走出卡夫卡"城堡"的通道之一。也是我从一开始就对"意识流"小说十分抵触的重要凭借。可惜，十多年来，我从未"拥有"过这本让我倾心的短篇集子，我只是时常回想它。我常对喜欢书的朋友说，真奇怪，很多书都再版了，十多年来，唯有这本《辛格短篇小说集》从未见过再版。就是在这样的情景下，中茂说，他藏有一本，要送我。但我觉得这礼太重，一直拖着不敢接受。

十多年来，关于辛格的短篇，我总是以回想的方式代替手指对书页的翻动，这真是一种过于秘密的奇妙的阅读。我不记得我还对哪本书或哪个作家有过这样的阅读。回想辛格，其实是在我的心目中累积起了一个短篇小说的高度。十多年来，我很少与人谈论过辛格，那是因为，凡"高度"的东西，可谈论的不多，这就像一个人的心事，除了自己去琢磨，没什么好谈的。在这漫长的回想中，我自己也并没有开始写小说。仅仅是因为喜欢，就像回想一个喜欢的朋友一样。至于我一直想要拥有这本短篇集子，并为这么多年不见其再版而有所微词，那又是另一种心情，一种很放松的心情，完全没有要研究什么的紧张。可能就是怀旧吧。

要说起来，我得知辛格，媒介还是索儿·贝娄，写《洪堡的礼物》的那个美国犹太作家。他的长篇我读过不下五部，最喜欢的还是《洪堡的礼物》。然后我就听说，一个叫辛格的用意第绪语写作的美国犹太作家，是索儿·贝娄将他的作品翻译成英文在《纽约客》上发表，才引起世人的关注，并获得诺贝尔文学奖的。我想，索儿·贝娄都这么厉害了，他愿意花时间去帮另一个作家做这样的服务性工作，那这个人肯定也是相当的厉害。就这样，我开始找这个叫辛格的作家的作品。结果是，吃到了桃子，对苹果就不怎么有兴趣了。后来我几乎不碰索儿·贝娄的小说，尽管我的书柜里有他全部的汉译小说版本（90年代新译的除外）。我觉得辛格比贝娄更纯粹，更简约，更有力。我不知道老贝娄得知在中国有这样一个吃了桃子反倒冷落苹果的读者，是否会不高兴，或者是太高兴？

我最终还是接受了中茂的馈赠。中茂说，既然你这么喜欢

155

辛格，你就将这本书拿去吧。我知道，我如果再不接受，就是我矫情和虚伪了。由此，也让我更加地感叹，中茂，他真是一个 80 年代的人。

不读加缪已经很久

因为要写点关于加缪的文字，一翻书柜，原来有关加缪的作品译本足有三四种。最早的是 1980 年上海译文版的《鼠疫》，是"外国文艺丛书"中的一本。这套丛书我是在 1982 年从涪陵新华书店的仓库里找出来的，无人问津，书款还打了很高的折扣。记得与《鼠疫》同时购得的，还有这套丛书中的另外几种：《城堡》《橡皮》《普宁》《卢布林的魔术师》等。与认识卡夫卡、罗布-格里耶、纳博科夫一样，我也是在这一年才认识加缪。也与读《橡皮》的情形一样，我几乎是一口气读完了《鼠疫》。可以这样说，我对 20 世纪西方文学的阅读，基本上就是从这几位作家开始的，并沿着这几条线向纵深处延伸。毫无疑问，他们也在我的写作中打下了不浅的印记。后来我又读到了加缪的《局外人》和《西西弗斯》。然后在整个 90 年代，我没有碰过加缪，除了偶尔在文章中读到他的名字。

在我阅读加缪的时候，我知道他经常被人们与萨特相提并论，这都是因为那个叫"存在主义"哲学的纠葛。我对哲学反应迟钝，但就文学作品而言，我知道加缪与萨特根本上不是一回事。我从没有将萨特的任何一篇小说读完过。但《鼠疫》我读过两遍，《局外人》读过不止两遍。那是完全在不了解作者的哲学背景下也有兴趣读下去的小说。顾方济、徐志仁以及郭宏安的汉语译文也是十分的干净和生动。虽然有近十年的疏离，但我清楚地知道，无论在我的创作抑或日常生活中，那个叫作"荒诞"的东西一直在对我的感官起着作用。以至于我突然明白，当90年代末我读到法国"新新小说"作家图森的作品时，何以表现出像见了亲戚和密友般的欣喜？原来也是因为加缪。他于盛年因车祸去世，但其文学的影响力却并未中断与减弱。

我还知道，在中国读者中，非我一个与加缪沾上了这种特殊的血缘关系。诗人杨黎早在中学时代，就将私下的一个文学小组的油印刊物取名为《鼠疫》。人们只发现杨黎的诗歌与罗布-格里耶有着"亲善"的关系，但却少有人知道，加缪对少年杨黎曾经有过的思想浸润。而且，加缪与罗布-格里耶，在我看来，至少也是有一点沾亲带故的。我们可能永远读不到杨黎《怪客》之前的那些作品了，关于加缪的影响我们无从证实。但80年代中期的一首《西西弗神话》，却让我们多少获得了将杨黎与加缪建立起某种联系的依据。我有理由认为，那首诗不是对众所周知的"西西弗神话"的"遭遇"，而是对加缪的《西西弗斯》一书的致意：

我想写一首诗/它的名字就叫/西西弗神话/但我总想不好/第一句/以及/更后面的句子/我就写到这里/我希望/你们看了之后/能够记住/西西弗神话/这个美丽的名字

两个 《铁皮鼓》

1999 年，德国作家君特·格拉斯获得诺贝尔文学奖，主要依据就是他的处女作《铁皮鼓》。这部长篇小说 1956 年写于巴黎，1959 年出版于德国。正是作者 29 岁至 32 岁的时候，《铁皮鼓》使他一夜成名。就算不得诺贝尔文学奖，他也是全世界知名。我第一次读到君特·格拉斯的作品是他写在《铁皮鼓》之后的那部中篇《猫与鼠》。那还是 20 世纪 80 年代。那时候，我订阅了《世界文学》杂志。《猫与鼠》就是这本杂志上读到的。1999 年，作家获诺贝尔文学奖，出版社及时推出了《铁皮鼓》的汉译本。不用说，我也买了一本。这本像砖头一样的书我几次尝试阅读，都没能读得下去。不是写得不好，也不是翻译得不好，而是这些年的心境不适合阅读这样的小说。我在想，它要是早十几年翻译过来，说不定风头会压过《百年孤独》。但现在的读书界，不单我个人是这样，大家都是这样，已经缺少了一份耐心。我是直到最近才彻底将这个搁置已久的大部头"解决"了。而促成我下此决心的，还是因为我看了沃尔克·施隆多夫导演的电影《铁皮鼓》。

电影拍得很好，很有趣。也可以说，当被这部电影激发起看过原著之后，更觉得，电影改编得很好。这是少见的。将文学名著改编得如此成功的电影大家都知道，数不出几个。好就好在，电影在小说的基础上所做的"简化"。格拉斯是语言大师，早年既是画家又是诗人，小说的语言层次丰富，色彩浓重。格拉斯又是一个有强烈的社会和政治意识的作家，小说展现的历史背景和时代风云在其色彩浓重、层次丰富的语言风格裹挟下，更是无比繁杂和散漫。要"忠实"于原著地拍摄，几乎是不可想象的。导演施隆多夫的才华在于他能够大胆到底进行删繁就简，以自己的语言和风格理出一条线索，使电影本身成为一部可独立于小说的极富观赏性和完整性的"新作品"。对于完全不了解原著的观众来说，看这部电影也是一点问题都没有。

但是，有关这部电影的影评仍然没有能够摆脱小说原著的巨大"阴影"，把一部本来极其简单的电影说得复杂无比，等于是将电影已经抽掉的那些枝蔓重又搬了回来，遮蔽住观众的视野，把本来清醒的头脑彻底搞晕。而我的感受是，小说是小说，电影是电影，两个《铁皮鼓》，完全可以分开来看。我看电影《铁皮鼓》就很简单，认为它讲述的是一个爱情故事。或者说，若干个爱情故事。先是奥斯卡的外婆和外公的爱情，那个"爱情"从外婆安娜坐在土豆地边吃着烤土豆开始，一个被士兵追赶的男人跑到安娜的裙下躲起来，当着追捕的士兵，这个未来的外公在裙下和安娜做爱，由此有了奥斯卡的妈妈安妮。然后，就是安妮与她的两个情人的爱情，这爱情的结果是有了小奥斯卡。再然后，这个只长年龄不长身高的奥斯卡在十六岁的时候有了他的第一个情人，十七岁的玛丽亚。几条爱情线索都有点漫画化。这也很吻合"爱情是喜剧的"这个定义。外婆外公土豆地里的奇遇和裙子底下的"奇技"就不说了。母亲与两个男人"一妻二夫"的组合更是让观众匪夷所思。而奥斯卡这个长不大的侏儒，在开始其"爱情"冒险之后，那些妙趣横生的种种场景让人觉得这部电影更像是儿童的游戏。包括外公外婆，母亲和两个父亲，他们的"爱情"也显得很"儿童"了。

所以，我们是不是也可以将这部电影当一部"儿童片"来看呢？只是，这样的"儿童片"是很另类的，而且，基本上也是"少儿不宜"的。

萨特的意义

　　萨特是中国人可以自由阅读之后最早进入我们视野的西方当代哲学家，时间大约也就是在他逝世的那一年（1980年）前后，以及以后的近十年。他是否深刻地影响了中国的哲学界和文学界，我不敢说。但是，他影响了一代中国知识青年的心灵和情绪，却是毫无疑问的。20世纪80年代的知识分子和文艺青年，无人不知道萨特，无人不谈论"存在主义"。人们不一定读得懂他的《存在与虚无》，不一定觉得他的《恶心》《墙》等小说剧本有多么好看。但是，这丝毫不影响人们要将他的书拿在手上，放在床头，并将他的片言只语常挂嘴上。年轻人并非都是哲学和文学方面的专家，而且，他们也并没将萨特当成一种"知识"。与其说萨特的哲学启迪了一代人的思想，不如说萨特这个人像一把火，点燃了一代人内心的激情。所以，那时候的文化圈整天皱着眉头不苟言笑的人蔚为壮观；那时候蔑视世俗的读书人也不在少数。人们思考并争论着人生的终极问题，这其中就有萨特似的"存在"问题。"从别人的期望中解放出来，真正地感觉自己本身的存在。"

萨特在当时之所以成为这代人的偶像，大概不完全是他那些晦涩难懂的哲学表述，可能更多地因为他的行为。萨特的一生从不回避现实，而且充满战斗性。他站在马路边的汽油桶上发表讲话（而不是坐在沙发上）的这个姿态可看作是他一贯人生态度的表现。

但1989年之后，也就是进入20世纪90年代，人们逐渐淡忘了萨特。他站在马路边的汽油桶上发表讲话的姿态在新的年代已经显得不合时宜。知识青年和知识分子们开始谈论德里达及其法国"解构主义"哲学，如果他们还要谈论哲学的话。尽管像当年对"存在主义"一样，对什么是"解构主义"多数人也是一知半解，但这并不影响人们像使用众多流行词汇一样地使用"解构"一词。你要严肃吗？我把你"解构"了，你的严肃就变成了笑话。有这样一个"主义"，人们似乎为自己的不负责任和凡事都可嬉皮笑脸找到了一个绝妙的依据。

如果仔细观察人们的种种表现，起支撑作用的并非什么德里达和"解构主义"，洋玩意儿不过是一层时髦的伪装。真正支撑人们能够"坦然放弃"的，实际上是诸如"各人自扫门前雪""多一事不如少一事""好死不如赖活"等我们熟悉的传统"中国智慧"。这种在当代中国知识分子中表现出来的"虚无"的哲学态度和"玩世不恭"的现实取向，与其说是"解构主义"，毋宁说是"犬儒主义"。

去年4月15日，我在我的博客上写过这样一段话：

今天是法国哲学家、作家萨特的忌日。1980 年 4 月 15 日，巴黎人万分哀悼这位 74 岁的智者、也是战士的老人的逝世。我不知道，在今天，法国是否还有集会对他进行纪念？巴黎左岸萨特生前常去的那家咖啡馆，是否还有人谈起这个小个子的富于激情的男人？但我知道，在今天中国，人们是实实在在地已经将他遗忘了。

乌鸫和田纳西的坛子

　　说到我受翻译诗的影响，首先得提到的就是美国诗人斯蒂文斯。而且主要是那首著名的《观察乌鸫的十三种方式》（以下简称《乌鸫》），其次才是《田纳西的坛子》（以下简称《坛子》）。我也受过弗洛斯特的影响，但这个放到以后说。现在只说斯蒂文斯。

　　读到《乌鸫》是什么时候？应该在 1984 年到 1985 年之间吧。也可能是在《外国文艺》杂志上，也可能是袁可嘉主编的《外国现代派作品选》。这不重要。译者是谁，也不记得了。但是，这就比较重要。因为后来读到过另一个版本，其中的"乌鸫"被翻译成"黑鸟"。可能译者觉得这样翻译更有诗意。而我要是先读到的是"黑鸟"这个翻译，可能不会那么喜欢这首诗。为什么？我就喜欢"乌鸫"，它显得具体。如果没有这个"具体感"的词，整首诗那种抽象的形式化的语感就不能够成立。后来还买过一本《斯蒂文斯诗选》，完全让人读不下去。要是先读到这个译本，我压根不会喜欢这个诗人。

其实，《乌鸫》这首诗就意境而言，很像唐诗和宋词。它很抽象，但又十分有画面感。我不知道斯蒂文斯有没有受到过东方诗的影响。但我估计这种影响在他身上是有的。因为，他那个年代，庞德及其"意象派"诗人很推崇唐诗和日本俳句，还做了大量翻译，比如李白和王维的一些短诗，他不可能没有读到过。只是，《乌鸫》这首诗中那种似是而非的哲理意味，就不大是我们这边诗歌的调子了。唐诗和宋词都基本没有"思"这个东西，而是着重于意象和意境。

　　如果说《乌鸫》与"我们这边"多少有点靠近，那么，《坛子》就跟"这边"没一点关系了。那个放在田纳西的坛子并非是一个自然的画面，而是形而上的一种"语言设置"。完全是"思"的产物。这个让我觉得新鲜，也很受启发。我的朋友杨黎的《撒哈拉沙漠上的三张纸牌》也是一种"语言设置"，是否受到过《坛子》的影响，我没求证过。但是，至少我自己在十多年后写的一首《送一颗炮弹到喜马拉雅山顶》，就有《坛子》的影子。当然，这种影响是潜移默化的。我也是在写了这首诗之后，才感觉到那个影响的存在。只是需要说明的是，无论杨黎的"撒哈拉"，还是我的"喜马拉雅"，所呈现的主要是一种语言的形式感，其中并无《坛子》那样的"思"的成分。两者是有本质区别的。如果只是一种语言的形式感，那它只能是这个语言本身的呈现。但如果它是一种"思"，就可以被替换为另一种语言进行言说，即具备可拆解的意义。

　　回想起来，我喜欢斯蒂文斯，还不仅仅因为这两首诗。也包括这个人。或者,诗人本人的个性和生活经历所带来的影响还要更大。斯蒂文斯一辈子都是一位"业余诗人"。在美国,是有"专业诗人"的,他们栖身于学院之中,以写诗和讲授诗歌为职业。而斯蒂文斯终其一生都是个商人。他的同事不知道他是个诗人。就是他朝夕相处的妻子,仅知道他"爱好"写诗,至于到什么程度(事实上他已经是美国诗坛极其重要的一位诗人)却所知不多。有人觉得,他这样的生活状态对他写诗有妨碍。但我恰恰认为,这是一个诗人最好的生活状态。这样状态中的诗人就像一个间谍,混迹于普通人中间,执行的却是"特殊的任务"。

另外,对一个诗人的阅读可以是极端个人化的。我对斯蒂文斯的阅读就是这样。所以,我得到的关于这个诗人的印象无疑是十分偏颇的。借助于资料,我了解到他被普遍认为是一个耽于享乐的诗人。他的大量诗歌都是"渲染"感官刺激的。只是,我没有读过他那些诗歌,对诗人也就没有这样的印象。在我而言,那已经是另一个斯蒂文斯。而我所认识的这一个,是写《乌鸫》和《坛子》的斯蒂文斯。

想象一种声音

——读《曼德尔施塔姆诗选》

俄罗斯诗歌对中国新诗的影响是不可忽视的。普希金、叶塞宁、涅克拉索夫、勃洛克、马雅可夫斯基、阿赫玛托娃……这些名字，不仅老一辈诗人谈起来如数家珍，当我开始喜欢诗歌的时候，也是耳熟能详。稍后一点，还有叶普图申科和布罗茨基，也是当时大家爱议论的两个俄罗斯当代诗人。记得 20 世纪 80 年代末，我在当时尚未改造过的成都顺城街碰到刚从希望书店出来的孙文波，见到他胳膊下就夹着一本绿色封皮的《从彼得堡到斯德哥尔摩》（布罗茨基诗文集）。我还记得，也是在那个年代，有一次李亚伟看见我桌上放了一套《马雅可夫斯基诗选》，他说，这个我也要搞它一套，我喜欢这个人，这个人是外国的"莽汉"哥们儿。

但是曼德尔施塔姆，无论是在 20 世纪的三四十年代，五六十年代，还是诗歌狂热的 80 年代，都算不上是热门人物。听说 90 年代读他的人开始多起来，那是因为 90 年代读书界掀起了一个重新发现和认识俄罗斯"白银时代"的不大不小的热潮，而曼德尔施塔姆也正是这一被重新发现的时代的一位诗人。但与 80 年代一个外国诗人被几乎所有中国诗人阅读的盛况相比，曼德尔施塔姆的被阅读，无疑是十分冷清的了。或者说，他的诗名传到中国有点"生不逢时"。

我知道曼德尔施塔姆的名字，是在阅读阿赫玛托娃的时候。她在一篇回顾性文章中谈到了经常来往的诗人朋友，其中最突出的就是曼德尔施塔姆。从字里行间看出，她特别推崇他的诗，也特别信赖他对她诗歌的意见。她说，每次他带来他新写的诗歌朗诵给她听，都有一种新的声音回旋在耳畔。就是"一种新的声音"这句话给我留下了十分深刻的印象，我开始在各种文学杂志上留意曼德尔施塔姆这个名字。可是所获甚少，只在《外国文艺》和《世界文学》这两本刊物上分别读到过十余首。

我不得不承认，就我当时读到的那几首汉译的曼德尔施塔姆诗歌，我没有体会到阿赫玛托娃所说的那种"新的声音"。相反，我觉得还有点陈词滥调。不过，我并没有据此怀疑阿赫玛托娃的判断，以及曼德尔施塔姆诗歌本身的品质。我只是对他的"汉语腔调"表现出不以为然。这其实是一个很普遍的现象，那时候被推崇的很多外国诗人在我们眼里都觉得十分可疑，其原因就出在那个"汉语腔调"上。我们读到的不是原文（我们中大多数人没有读原文的那个能耐），而是汉译者的译文。我记得韩东后来在一篇文章中也谈到过当时读翻译诗的情况，也是因为对译文的不信任，他说他一般是通过不同的汉译版本对照阅读，以此去最大限度地"还原"原诗的面貌（大意）。我当时的情况也是如此。比如我十分喜欢的史蒂文斯的《观察乌鸫的十三种方式》，我就读到过三种不同的翻译，那感觉就是你在听三个不同的人说话。不仅语调、语气不一样，遣词造句也不一样。只是，意思都是那个意思。就是说，那个事情（如果诗歌里面有个"事情"的话）是差不多的。所以，那时候我如果要感受一个外国诗人的存在，除了多读一点不同的版本外，我十分注意阅读有关这个诗人的背景资料，即他的生平，他如何看待诗歌，他人对他诗歌的描述和评介，等等。以此方式，大致上了解到这个诗人是怎么回事。可以这样说，我喜欢过的那些外国诗人，都是存在于我的想象中的。在对他们的背景有所了解之后，去想象他们可能（大约）是在怎样写诗的。

　　但是曼德尔施塔姆，由于当时翻译界对他还不重视，不仅可对照的汉译版本没有，其背景资料也十分有限，我对他的了解也就是阿赫玛托娃那句关于"新的声音"的描述。但我一直以来并没有放弃对那一种声音的想象。我首先"还原"出那个情景，即他捧着诗稿为阿赫玛托娃朗诵的情景，以及女诗人十分专注地倾听的那种神态。围绕这一情景想象，再调动起有关"阿克梅"派这一诗歌团体的文学主张及其生活遭遇和诗人个性等"知识"记忆。于是，就仿佛听到了"那一首诗"。这说起来有点可笑，但情况确实就是这样，我一点没有虚构。"那一首诗"的音调无疑是俄语的。我当然不懂俄语，只是听到过俄语，也听人介绍过俄语的一些特征。比如，一位懂俄语的诗人就向我说过，俄语是一种比较忧郁的语言，所以，从普希金开始，每个俄语诗人都天然地带有一种忧郁的气质，他们的诗

171

歌都有一种忧郁的声调。我比较相信这种说法，是因为有俄罗斯民歌的旋律做比照，比如《三套车》。但是，我对曼德尔施塔姆的想象，还不仅仅是一种表面的"声音还原"，而是更深层次的"诗的还原"。阿赫玛托娃所说的"一种新的声音"在我意识中引起的震动不仅仅是音乐性的。我知道俄语是表音文字，与作为表意文字的汉语诗歌的"意象"相比，俄语诗歌更具备"声音感"，更适合读（朗诵，作用于耳朵）而不是看（作用于眼睛）。但我以为，作用于阿赫玛托娃耳朵的曼德尔施塔姆诗歌的"新的声音"不完全是其语言的表面声音和旋律。我不相信她会浅薄到将他的诗歌当"唱歌"来听。我更愿意想象她听到的是一种诗的内在的、带有艺术陌生化的那种声音。这种"不同以往"的声音有着形式和精神的双重意义。这种"每一首诗都带来一种新的声音"是每个诗人内心的向往，也是一个有追求的诗人要继续写诗的理由和动力所在。

　　现在我手上的这本《曼德尔施塔姆诗选》是诗人杨子翻译的。我不知道杨子是依据俄语的翻译，还是由英语所转译。但是，杨子是我熟悉的一个诗人。不仅熟悉他的诗，还熟悉他的人。他的诗和他的人都有点"俄语"，即有点"忧郁"的那个样子。比如，他平常和你说话的那个语调，就跟我现在读到的这个译文颇为神似。所以，我猜想，这本"汉语腔调"的曼德尔施塔姆是比较"杨子化"的，即不可避免地带有诗人杨子本人的风格。也因此，我就当是在读杨子的诗也是十分愉悦和值得的。

一个被人秘密阅读的作家

前不久才买了索尔·贝娄的小说《拉维尔斯坦》，还正在读呢，读到第43页"他喜欢将他的长胳膊举到聚集着阳光的光头之上，发出滑稽的叫声"这一句，便听说作家于5月4日去世了，享年89岁。《拉维尔斯坦》是他于2000年出版的新作。如果之后他再没写东西的话，这部长篇就该是他的绝响了。

初读贝娄的小说，是二十年前，《世界文学》上选载的他的长篇《赛姆勒先生的行星》，写的是一个神颠颠的大学教授。我一下就喜欢上了这个犹太作家，记住了他的名字，以后在书店看见他的《洪堡的礼物》《赫索格》等小说，毫不犹豫地就买了。比起海明威或福克纳笔下的那些人物，我觉得索尔·贝娄写的那些，无论是洪堡还是赫索格，更能带给我一种认同感。包括《雨王汉德森》里的主人公那些疯狂的举动，似乎也是自己想过的，只是没敢有过行动罢了。

我几乎读了所有翻译成汉语的贝娄的作品。而且，我对另一位美国犹太作家艾·巴·辛格的喜爱，也是源于对贝娄的喜爱。辛格的那些用意第绪语创作的小说，基本上是由贝娄翻译成英文的。我想，贝娄都愿意牺牲自己的创作时间去为其效力的作家，一定也是不错的。原本是爱屋及乌，只是，让我自己也意想不到的是，后来我喜欢辛格更胜过贝娄一些，这倒有点对不起贝娄的感觉了。

作为一个外国作家，贝娄对于中国的写作人来说不算陌生。毕竟，这二十多年来，他的作品基本上都翻译过来了，包括《拉维尔斯坦》这部近作。但他从来没有像马尔克斯、博尔赫斯或昆德拉那样大热过。这是事实，他从来就没有成为过中国文坛的公共话题。就这个意义上说，在中国，他不是那种引领过潮流的作家。在上个世纪80年代的读书界，他的地位就跟卡尔维诺差不多，属于虽不显赫，但却有人秘密喜欢的那种。只是，当卡尔维诺那些其实并不好读的小说也在上世纪90年代突然热卖起来，甚至成为中国小资们的时髦话题的时候，索尔·贝娄依然是被人秘密阅读的对象，尽管我知道，他在美国乃至欧洲一直是声名显赫，读者众多的。但是我又想，在中国的读书界，像贝娄这样保持这种默默无闻的状态也不完全是一件坏事。前面提到的那些大热过的作家，其结果差不多就是迅速地被符号化，空壳化，最后是被庸俗化。闹哄哄中，少有人真正在意你究竟写了什么，写得怎样？你的作品只是被时尚人士拿去装点书柜或武装牙齿的道具而已。

说来也怪，论小说的可读性，以及小说具备的流行元素，贝娄丝毫不比前面说到的那几位差。在我看来，似乎还要超过许多。他的小说多以芝加哥为背景，写的又是知识分子在现实生活中的生存状态，情节也紧凑，语言也幽默，每部小说的中文译笔也十分不错。我虽然说贝娄在中国的不被流行也许不算是一件坏事，但我还是感觉这是有点奇怪的一件事情。至少我觉得，这可以被当成一个现象。透过这个现象，我们是不是能看出中国创作界、读书界乃至整个文化界的一些毛病呢？

对《洛丽塔》的两次阅读

此时此刻，我的书桌上摆着两本书，它们的书名都叫《洛丽塔》。一本是 1989 年 5 月漓江出版社出版的《洛丽塔》，一本是 2006 年 1 月上海译文出版社出版的《洛丽塔》。书的原作者是同一个人，弗拉基米尔·纳博科夫。两本书不仅装帧大异其趣（1989 年漓江版做的是一个半裸女人的封面，2006 年上海译文版的封面则是简单的一个线描图案配上书名），且在厚度上居然相差近两百页（2006 年上海译文版为此在书的腰条上打出了"全译本"的字样）。看着在出版时间上相距 17 年的两部"不一样"的《洛丽塔》，我想不感慨一下都不可能。

在中国读者中，知道纳博科夫其人的也许不多，但知道《洛丽塔》的却绝不在少数。因为这部小说曾经两次被拍摄成电影，一部是黑白的，一部是彩色的。但两部电影都是在 20 世纪 90 年代之后才传到中国。因此，1989 年购买《洛丽塔》的读者可分为两类，一类是冲着纳博科夫这位作家的名头以及《洛丽塔》的文学声望而去的文学爱好者；另一类则是对文学一无所知，仅仅是受书封上那个半裸女人以及"开禁小说"的宣传语蛊惑，"莽撞"而去的猎奇者。那么，2006年，购买上海译文版《洛丽塔》的又将是哪些人呢？我觉得，像当年那样的猎奇者应该没有了，剩下的只有一类人，那就是对作品本身有所了解（哪怕仅仅是通过电影而了解的）文学/艺术爱好者。包括早在1989年就买过漓江版的读者，这一次购买，是重读与收藏兼而有之的。我本人便属于这后一类读者。

我是从《普宁》这部小说"认识"纳博科夫的。那是1983到1985年期间，纳博科夫的《普宁》与卡夫卡的《城堡》、加缪的《鼠疫》、博尔赫斯的《博尔赫斯短篇小说集》以及马尔克斯的《百年孤独》一起，进入了我的阅读视野。这之后，又在《外国文艺》和《世界文学》上陆续读到他的《微暗的火》（节选）以及相关的文论和传记资料。毫无疑问，从一开始，他留给我的印象就是一个文体实验者，一个"现代派"作家。他的人生经历也十分独特，20岁从革命后的俄罗斯流亡到欧洲，开始用俄语和法语写作；41岁移居美国，转而用英语写作，并主要在《纽约客》上发表小说、诗歌和评论作品，同时也在美国多所大学教授俄国文学，还是一位业余的蝴蝶采集和研究者。这时候他虽有名气但并不富有，一家人长住旅馆达十余年，直到1955年《洛丽塔》问世。

《洛丽塔》的故事我们都知道，一个叫亨·亨伯特的中年鳏夫娶了一位叫黑兹的年轻寡妇，但他娶她的真正目的却是因为看上了她的女儿，当时尚是幼女的洛丽塔。而他之所以有这种"恋童"的癖好，又是源于其童年时的"心灵创伤"（与邻家女孩未遂的性行为）。小说便是以这位中年男人对洛丽塔这个女童的异乎寻常的迷恋而展开。最后，主人公亨伯特因妒忌而杀死了洛丽塔的年轻情人。如果没读小说，单从故事的梗概去猜想，前半部分像是一部色情淫秽小说，而后半部分则又像是一部社会犯罪小说。但如果你是对纳博科夫这位作家有所了解的读者，这样的猜想就不大可能发生了。

初读《洛丽塔》我才 26 岁，年龄与小说中洛丽塔的年轻情人接近。再读《洛丽塔》的今天，我已 43 岁，与小说中的主人公亨伯特成了"同龄人"。可想而知，两次阅读的感受是大不一样的。我还发现，虽然这次是"重读"，但我却像在读一部我从未读过的小说一样。这种"陌生"的感觉并非因为不同译者的版本所导致，尽管比较起来，1989 年黄建人翻译的漓江版确实在文笔上要比 2006 年主万翻译的上海译文版要逊色得多。我认为，"陌生"主要来自于"时间"的奇妙作用。按说，作为一个写作者，我是应该带着"距离"去阅读的，即抱着学习其写作技巧的目的。但事实上，两次阅读我都像"普通读者"一样，完全被"带进"了小说。只是，由于年龄（阅历）的因素，第一次"带进"，我更"靠近"洛丽塔及其年轻情人一些。第二次"带进"，就比较"靠近"那个有些异乎寻常的几近疯狂的亨伯特了。

人的情感的确是不能完全以对错量度的。正如亨伯特的行为最终会受到法律的审判与制裁，但是，他那异乎寻常的几近疯狂的情感，除了上帝（假如有这样一个行而上的存在），谁又能去审判乃至制裁呢？尽管纳博科夫本人在小说的序文以及跋文中都煞有介事地为我们做了一些"道德"的"提示"，但是，小说写出来后在美国的戏剧性遭遇（从最初被拒绝到之后成为畅销书）本身就说明了，仅用好与坏（对与错），根本解释不了（更说不上解决）人在情感中所面临的诸多危险和困境。

家书抵万金

——读《奈保尔家书》

　　《奈保尔家书》是 2001 年诺贝尔文学奖获得者 V. S. 奈保尔与其父亲（老奈保尔）和姐姐（卡姆拉）三人之间的通信集。时间起始为 1949 年至 1957 年。三个通信者分处三地，奈保尔在英国牛津，老奈保尔在家乡特立尼达（西印度群岛的一个英属岛国），卡姆拉在印度。这不是一本小说，但完全可以当"书信体小说"来阅读。也就是说，这本家书在风格上与我们以往熟知的那些家书（如《傅雷家书》《曾国藩家书》）是不一样的，它在叙述语言和形式结构上都具备"小说"的诸多元素。除了前面说到的书信体小说，我还认为，它也具备成长小说和家族编年史小说的形态。而且更奇妙的是，作为一部"小说"的《奈保尔家书》，并非作者有预见、有目的的刻意而为。因为事实上，家书的三位作者，从他们开始给对方写第一封信的时候，就只有一个单纯的目的，那就是写信，真实地写信，跟我们所有人写信的目的没什么区别。只是由于写信人的个人因素，即：三人都爱好文学，其中老奈保尔和小奈保尔都立志成为一个作家，他们在写信的时候，自然而然地喜欢呈现细节，喜欢刻画人物，喜欢将身边发生的事件讲述给对方听，无意中便成就了一部由三人共同"累积"而成的"小说"。

如果我们把《奈保尔家书》当成一部"小说"来看待，那么，它也有可以归纳的"故事梗概"：在特立尼达，一个叫奈保尔的中年男人，职业是报纸编辑和记者，业余写写小说，梦想有朝一日成为一名作家。他有七个子女，女儿卡姆拉在印度求学，儿子维多（即 V. S. 奈保尔）在英国牛津求学。这一家人并不富裕，有时还显得比较拮据。姐弟俩在外求学，靠的是政府资助的奖学金。老奈保尔勤奋工作，承担着供养家庭的责任。在为实现自己的文学梦想而努力的同时，更看出儿子维多身上的文学天赋，希望他将来成为一个大作家。而维多也对此充满自信，野心勃勃地为这一目标做着准备。至于卡姆拉，她除了要完成自己的学业，也像父亲一样，对弟弟维多的作家梦极其重视，时常给予勉励和鞭策。他们频繁地给对方写信，除了表达思念之情，告知生活讯息之外，更多的是在那种艰难的生存环境中，通过这些书信，彼此支撑，相互安慰。

我是在 2001 年的诺贝尔文学奖公布之后，才知道奈保尔这个作家的。所以，我最先读到的是他的长篇小说《河湾》，其次是《米格尔街》和《毕司沃斯先生的房子》。《河湾》开头的一句话（"世界如其所是。人微不足道，人听凭自己微不足道，人在这世界上没有位置。"）就把我吸引了，这句突兀的完全不像小说语言的话，让我为之一震。而这句话结束之后，马上就进入到十分具体的故事讲述，这种突兀的叙述转折，又让我为之一震。从那时起，我对能够以这种方式开始一部小说的作家，对他是如何做到这一点的，以及他经历了怎样的写作过程，就怀抱了十分强烈的兴趣。之后不久，我的朋友韩东在给我的一封电子邮件中，也提到了自己最近正在阅读奈保尔。他提到了《河湾》和《米格尔街》，并尤其推崇《米格尔街》。就我所知，写作朋友中，还有顾前和吉木狼格，对《米格尔街》也是爱不释手，如遇"故交"。这就更让我想要知道，这位仿佛从天外掉进汉语世界的小说家，他打动和启发我们的这些东西，从何而来？以及，它们是怎样修炼而成的？

现在，这本《奈保尔家书》似乎可以解开这些谜团了。至少在我个人来说，这部家书除了让我有阅读"小说"的乐趣之外，也为我再次阅读《米格尔街》及《毕司沃斯先生的房子》提供了难得的注脚。奈保尔到达英国之后不久，就在给父亲和姐姐的家书中提出让他们给他邮寄香烟的要求，因为英国的香烟卖得很贵。尔后，"寄烟"这一细节反复地在三人的通信中出现，关于寄烟的方法、程序；关于海关对烟草的严格规定和高额的关税，等等。总之，它看上去是一件小事，但又是一件很麻烦的事。而我从"寄烟"这件事的反复纠葛中，生出许多的感慨，其中的一个感慨就是，作家不是在天上修炼而来的，而是在日常生活中磨炼而成的。当然，《奈保尔家书》可以引申的意义远远不止于此，只是这篇文章所要求的篇幅，已经不容许我啰唆下去了。

孤独：一百年和几十年

最近，有朋友又开始对加西亚·马尔克斯发生兴趣，到处找他的《族长的没落》。我正好有一本，就借给了她。这书定价一元六毛钱，何时的版本可想而知。

马尔克斯以其长篇小说《百年孤独》闻名。尤其在中国，20世纪80年代，说他影响了整整一代人的写作一点不夸张。拉美文学爆炸，魔幻现实主义，是那个时代文学界最流行的词语。在这种影响下，马原、扎西达娃、色波、余华、格非、苏童、洪峰、莫言等本土"先锋小说"家脱颖而出。这批作家分别出生于50和60年代，本来就在孤独中长大，《百年孤独》的到来，一下激活了他们对"孤独"的文学想象。那边的"孤独"是一百年，这边的是几十年。但时间长短不重要，重要的是这边找到了与那边的相似性。没有这样的相似性，魔幻现实主义这颗拉美制造的炸弹不可能在中国引爆。马原、扎西达娃、色波们在西藏，那地方魔幻起来更现成和方便。内地的余华、格非们在其身处的现实中要魔幻起来相对困难一些，于是，将"想象"的时空推至民国，就是我们通常概念中的"旧社会"，"魔幻"的效果就一下被渲染出来。当时他们那些小说都发表在文学杂志上，那些文学杂志都很畅销。读过《百年孤独》的人，都读过马原们的"先锋小说"。这些小说现在可能很难读，但这并不影响它们在当时呈现出来的无法阻挡的才华。

《百年孤独》不仅影响了写小说的，写诗的也陶醉其中。那时候，写诗的不是每个都爱读小说，但《百年孤独》是一定读过的。诗人李亚伟及他的"莽汉"兄弟们，更是将此书读得乐不可支，大有将马尔克斯当成他们在遥远的那边的一个"莽汉"兄弟（或大叔?）。我能猜想到，李亚伟最乐不可支的一定少不了书中的这样两个情景，一个是一批杂耍艺人来到小镇马孔多，手上提着两砣磁铁，于是乎全镇的锅碗瓢盆破铜烂铁都被吸出来，跟着磁铁跑。再一个是，布恩迪亚上校的弟弟还是叔叔，每晚疯狂做爱，喊叫声和床板的吱嘎声吵得全镇的人都睡不着。"狗日的，过瘾。"亚伟就曾经这样对我说。

毫无疑问，我也是《百年孤独》在中国的第一批狂热读者之一。可以这样说，作为一个在汉文化圈长大的苗族后裔，《百年孤独》激活了我的"民族记忆"。受其影响，我开始写后来被称为"巫术诗"的组诗《鬼城》和《黑森林》。当时有一位诗友，很擅长考证哪个中国诗人的诗有哪个外国诗人的影子，我就问他，那你看出我的诗有哪个的影子? 他推了推鼻梁上的眼镜，想了一想说，看不出。我就笑了，知道他一定没有看过《百年孤独》。苗族有许多民间故事，我小时候的生活环境和经历中也有许多类似《百年孤独》那样神经兮兮的人和事，只是没看《百年孤独》时不觉得。它们是处于黑暗中的记忆，没有马尔克斯递过来的这束魔幻的光的照射，就发现不了。就这点而言，我的情况跟扎西达娃发现西藏的情况比较接近。不过，一般来说，诗歌上受《百年孤独》影响，不像小说那么"显眼"，即那么表面化。因此，那个诗友就算当时读过《百年孤独》，要从我诗中考证出来，想来也不是那么容易。

　　印象中，那时候人们对马尔克斯的短篇小说不怎么注意。中篇倒是有两部（《没有人给他写信的上校》和《一件事先张扬的凶杀案》）被人们经常提起。但是，我认为他的短篇也非常的让人着迷。尤其是那篇《世界上最漂亮的溺水者》，跟诗一样，跟童话一样。多少年来，我没事就要找出来读一次。而那部《百年孤独》，反而是那时候（二十二三岁）读过之后，再没读过第二次。

罗布-格里耶的中国意义

2008 年 2 月 19 日下午，成都出了太阳。但就在这样的好天气里，一个朋友打来电话，告诉我一个不好的消息，罗布-格里耶去世了。我坐在万达国际影城的咖啡馆，看了看窗外，阳光依然存在，只是略显稀薄和寒冷。

从去年冬天开始，我就将罗布-格里耶 80 岁时出版的小说《反复》放在枕边，睡前和醒来都读上几页，断断续续地，到现在还没读完。同时，我也在期待着他 85 岁（2007 年）出版的新作——《伤感小说》的汉语译本。现在看来，这部小说已成绝笔。一个叫罗布-格里耶的作家，从此不再为这个世界带来"新作"。死亡为他的写作画上了句号。从这一刻起，罗布-格里耶这个名字，也像卡夫卡、博尔赫斯、索尔·贝娄一样成为"过去式"。这其实是意料中的事。但要承认这个事实，还是让人半天不能言语。

我觉得，在中国最与这位作家有着"亲密关系"的是两个人，一个是诗人杨黎，一个是陈侗（应该怎样来界定他的身份呢？画家？作家？书店老板？出版人?）。去年冬天我在网上购买《反复》的时候，顺带也买了陈侗的《马奈的铁路》。这是一本主要以法国"新小说"为言说对象的随笔集。这十年来，陈侗为罗布-格里耶等"新小说"作家的作品在中国出版而奔走于巴黎、长沙和广州之间，并与法国午夜出版社创办人兰东以及罗布-格里耶、图森等作家建立了工作之外的个人关系。在这个唯利是图的时代，一小众文学爱好者能够较为全面地读到这些非热门作家的作品，全赖陈侗的不遗余力（湖南出版社以及余中先等翻译者也功不可没）。陈侗固执地推动这项无利可图的"事业"，也许与他少年时候受到的"刺激"有关。在这部随笔集中，陈侗写道："当我还是一名不懂得现代主义究竟为何物的孩子的时候，罗布-格里耶的小说《橡皮》就以十五万册之多的印数摆在了每一个书店的货架上，就连我生活的小县城，很长一段时间都可以轻易地找到这本书。"这说的是20世纪80年代初的事情。这也是马尔克斯和博尔赫斯在中国"大热"的时代。但事实是，如此大的印数，可能影响了像陈侗这样一批终生不渝、不带功利目的的"新小说"爱好者，却没能让罗布-格里耶像后两位作家那样，给当时的中国小说带来颠覆性的影响。有意思的是，这位法国"新小说"的旗手虽然没能"附身"于中国的"新小说家"们，却在一个中国"新诗人"身上得到了回应。这个人就是杨黎。

1981年，正在写诗的杨黎接触到了罗布-格里耶，先是《窥视者》《嫉妒》，然后才是《橡皮》。这年他19岁。"我打开它（《窥视者》）的一瞬，也不知道它会对我产生那么深的作用。到现在，我还记得我初次的感觉：我刚刚读了两页之后，合上书，抬起头，眼睛看向很远的地方；比天空还远，比阳光还远……"若干年后，杨黎在一篇回忆文章中这样写道。与罗布-格里耶的"相遇"，促成杨黎写出了他的《怪客》《冷风景》（《小镇》、《街景》等诗歌的总命名）以及《撒哈拉沙漠上的三张纸牌》等成名作。如同罗布-格里耶的小说颠覆了"小说"一样，杨黎的这些诗歌也彻底颠覆了"诗歌"。

法国"新小说"的兴起，距今已有半个多世纪，除罗布-格里耶外，这一文学潮流还为世界贡献了克洛德·西蒙、米歇尔·布托尔、娜塔丽·萨洛特、杜拉斯以及被他们引为同道、客居法国的爱尔兰"老作家"贝克特。这些作家无论从风格、题材都不尽一致，但他们都以"自己的方式"干了一件同样的事情——给"小说"挖坟墓。这里的"小说"指的是已经被人们习以为常的小说写作的既有观念和模式。但"新小说"作家们却用自己的写作表明，没有天经地义、一成不变的"小说"，"小说"还可以是我们这样的。"我们"的小说也有情节，也有人物和故事，只不过，"我们"认为的情节、人物和故事与"他们"认为的不同（小说的历史实际上就是由若干"不同"构成的历史）。关于读者"读不懂"的问题，罗布-格里耶晚年在一次接受中国记者采访时说："我年轻时有一个梦想，希望'新小说'能改变人们的阅读习惯。现在看来已经实现了。或许可以将作家做个分类，有一类作家为已经存在的读者写作，另一类是为将要出现的读者而存在，是书创造了读者。"

也许，罗布-格里耶在说这个话的时候，有他值得乐观的理由和资本。但是，在今天的中国，无论是创作界还是阅读界，都无法乐观。小说家们早已没有了"创造读者"的梦想和兴趣，有的只是迎合读者。更准确地说，是迎合市场。就连曾经受过马尔克斯和博尔赫斯影响的"先锋作家"，多数都放弃了对小说本身的探索，加入到"迎合"的行业，并将这种"迎合"美其名曰向传统（"现实主义"）回归。但事实是，他们是在为获得电视连续剧改编权而写作，回归的是庸俗主义。

罗布-格里耶的去世，或许会成为一个契机，让中国文学界从市场的浮躁中暂缓下来，重新将目光投向"文学"。

跟随阿兰达蒂漫游印度

——读长篇小说《微物之神》

读完这部小说，我首先想说的是，封底的评介虽然像所有印在封底的评介一样充满了溢美之词，但是，《微物之神》完全担当得起这些溢美之词。

我有很多年不读那种意识流的、诗化的小说了，觉得它们陈旧、过时。但《微物之神》的"意识流"的结构和"诗化"的叙述，却让我倍感清新和亲切。我有躺着阅读的习惯，而《微物之神》就是一部特别适合躺着阅读的小说。我完全进入到一个没有时间的世界里，感受着一种失去了身体重量的飘忽。我甚至希望这部小说是我自己——而不是一个叫阿兰达蒂·洛伊的印度女人写的，因为她实在是写得太好了。

印度是一个神秘的国家。它的神秘不是因为它古老的文明和漫长的历史，而是因为我们对它太不了解。从地理位置来说，它是我们近在咫尺的邻居。但在我们的心理感觉中，它比美国还要遥远。小时候读《西游记》，模模糊糊地知道了有一个地方叫印度。再然后是 60 年代的中印边境冲突，关于印度的概念才由神话进入现实。但由于相关报道并不清晰，可以说，对印度这个国家我们依然是一无所知。直到 80 年代，我们看到了《流浪者》和《大篷车》这样的印度电影，才开始对印度有了一些感性的认识。这种认识包括：一、印度是一个等级森严的社会；二、印度人成天都在唱歌和跳舞。可想而知，这种由电影得来的印象和认识，与实际的印度相差何止十万八千里。

相对于电影而言，文学作品传达的信息可能会更丰富和"真实"一些。比如，通过对托尔斯泰和陀思妥耶夫斯基等作家作品的阅读，我们得以了解俄罗斯；通过对马尔克斯和鲁尔福等作家的阅读，我们得以了解拉丁美洲；通过对川端康成和谷琦润一郎等作家的阅读，我们得以了解日本。虽然，这样的了解都只能说是在"一定程度上"的。但是对于印度，我们始终缺少哪怕是"一定程度上"的机会和途径。中国人从上个世纪初就"引进"了泰戈尔，在中国的诗歌爱好者中，几乎人人都读过泰戈尔的诗歌，少量的人还读过他的小说（如《沉船》）。但是，我们依然不了解印度。因为，泰戈尔的诗歌和小说是很不印度的。由于他的身份和地位，他整个的生活是脱离于印度现实的，至少不是一个典型的印度人的生活。这自然会反映在他的作品上，使得他的作品虽然具备"世界性"，但却缺乏"印度性"。很奇怪的一个现象是，除了泰戈尔，近百年来，我们再没"引进"过第二个印度诗人和作家（至少在大众阅读的视野内是这样的）。直到几年前，我们才看到出生在特立尼达的英籍印度裔作家奈保尔撰写的"印度三部曲"。通过这部浩大的纪实作品，我对印度及印度人有了超过以前任何时候的了解。但是，让我不满足的是，奈保尔在书写印度的时候，所用的眼光并非印度人的眼光，而是英国人的眼光。他虽然从血缘上是一个"印度人"，但他所受的文化教育，却完全是一个"英国人"。而我想要知道，一个真正的印度人，是如何感受并书写印度的。

正是基于这样的理由，我才从最近的新书目中，挑选出印度作家阿兰达蒂·洛伊的长篇小说《微物之神》。尽管这位作家的名字我也是第一次看到。而事实上，这部小说满足了我的这一期待和想象。小说对印度的描述与刻画，不是那种奈保尔似的外部观照，而是从内部展开，由内向外地呈现出来。当目光跟随阿兰达蒂·洛伊的那些琐细而又跳跃的文字漫游的时候，丝毫感觉不到生涩和阻隔。这种阅读经验让我想起了二十多年前对于马尔克斯的《百年孤独》的阅读。而我也一下明白了，这位印度女作家之所以要用这样的方式来叙述印度，其理由也与马尔克斯一脉相承。因为对于像印度和拉丁美洲这样的神秘之地，只有使用这种超越了时间束缚的小说语言，才足以表达和呈现，才足以抵达"真实"。

我还发现，要用"我们的"语言去复述《微物之神》这部小说的"情节"是既危险又不可能的。整部小说就像一副扑克牌，每一个读者都会拿着这副扑克"洗"出自己看到的"故事"。因此，任何复述出来的《微物之神》都不可能是阿兰达蒂·洛伊的《微物之神》。阿兰达蒂·洛伊的《微物之神》只存在于阿兰达蒂·洛伊的《微物之神》的书页中。

厨房里的坏小子

张国荣在电影《满汉全席》里面扮演了一个厨房里的坏小子的形象。但是，如果你读了《厨室机密》这本书，就会发现，那个叫安东尼·伯尔顿的美国人，才真正是厨房里的坏小子。首先这个人从一开始立志要成为一名大厨的动机就不纯。那还是他在一个小餐馆当洗碗工的时候，看见餐馆的大厨轻而易举地就勾搭上了一个女人。那个女人是刚刚在教堂行过婚礼的新娘，婚礼结束后，随其丈夫和家人一同来餐馆聚会、就餐。"她是个金发碧眼的女人，穿着洁白的婚礼服装，显得非常漂亮。她到大厨跟前说了几句话。鲍比（那个大厨）忽然笑开了花，眼角的皱纹更加明显了。几分钟以后新娘又离开了。而此时鲍比却明显地在发抖，突然说道：'托尼，帮我照看一下。'然后就从后门飞快地跑了出去。"那天，这个从后门飞快地跑出去的大厨，在厨房外面堆放杂物的角落，当着厨房所有员工的面，完成了他与那个新娘的好事。"亲爱的读者们，"安东尼·伯尔顿这个坏小子写道，"那个时候，我第一次知道了，我要成为一个大厨。"

《厨室机密》的作者安东尼·伯尔顿，这个身兼大厨和小说家双重身份，玩世不恭又一腔正气的美国人，就这样开始了他那些在厨房里倒腾出来的故事的叙述。作者一再声称，这些故事都是真实的，是自传而不是小说，尽管它太像小说。

我们印象中的厨师形象，一般来说，无外乎三种类型。拿我们熟悉的公众人物做类比，一种是像赵忠祥那样的，德高望重、性情敦厚、专家学者型；一种是像白岩松那样的，派头十足、表情深刻、当自己是个人物型；再一种就是像崔永元那样的，有点聪明、有点调皮、有点自知之明型。但安东尼·伯尔顿完全颠覆了我们对厨师的上述种种印象。感觉他就是专门到厨房里来使坏的，其玩世不恭，有点像时下的那些电脑黑客；其野蛮粗俗，又有点像过去时代的那些海盗头子。一方面，他对于自己将一些本该扔掉的食物垃圾做成美味佳肴蒙骗食客的技艺津津乐道；另一方面，他又愤世嫉俗，显出很有正义感的样子，对业内的种种内幕进行无情的揭露。

这个名叫安东尼·伯尔顿的坏小子在写了这本书之后没有被赶出餐饮界，至今还在大饭馆里愉快地做着他的大厨，确实是个不可思议的奇迹。也许，他早就想好了，要是因为这本书而断送了自己的厨师生涯，那么，他就继续他的作家生涯好了。他确实有这样的资本和退路。这本《厨室机密》一经问世，立即成为风靡全球的畅销书。这本非小说比他之前的小说要好卖一百倍不止，其版税收入与其厨师收入不说高出百倍，至少不相上下。我甚至猜想，他当初学习厨艺并进入厨房，其动机并非表面上那个"大厨勾引新娘"的寓言，而是想好了要"打入敌人内部"，从而实施其一切破坏、颠覆及游戏人生的伎俩。

一些著名媒体评价《厨室机密》这本书"妙趣横生而又发人深省"，"写作手法精湛"，"有一种男子汉的高傲之气"，"恶毒得可爱"。甚至认为，它比史蒂芬·金的小说还要诱人。它同时还深受商界管理人士的欢迎，将其视为"对公司管理有帮助的教科书"，就跟读《孙子兵法》一样。

我也觉得这本书好读。如果不是看了上述评价，真没觉得这本书的意义有如此重大。我思考的问题可能要浅一些。我感受到的这本书的唯一意义所在，就是别太把什么当真，尤其别煞有介事地将我们自己这张油嘴弄到什么"美食文化"的境界上去。

厨房・作家・E-mail

有本书叫《浴室・先生・照相机》，是三部中篇小说构成的一本书。作者是法国新"新小说"派作家让-菲利普・图森。其中《浴室》写的是一个人成天无所事事，就喜欢待在浴室的浴缸里想点事情。也不是什么要紧的和有意义的事情，无非是因为没什么事情才要想点事情的那一类事情，就是我们常说的鸡零狗碎。这本书我很喜欢，所以，在写这篇关于自己的居家生活的时候，忍不住就套用了这本书的书名的格式。

跟《浴室》里的那个主人公一样，我也是一个不用出门上班的男人。我常称自己为"住家男人"。但我没有那个小说人物那么怪僻，虽说也是成天待在家里，但我待的地方却主要不是浴室，而是书房。我不是无所事事的人，我是个写作者，写作是我的职业。我的眼睛成天对着电脑，而不是天花板。不管我写的那些东西本身有无意义，但写作这件事情是有意义的，因为我要拿我写的东西去卖钱。这就是我和那个成天躺在浴缸里的小说人物的区别，我一直不明白他靠什么生活。

但并不是说我就讨厌那种不劳而获、无所事事的生活。如果条件允许，我也喜欢眼睛成天只看着天花板，想点可想可不想的事情。只是，我不会选择浴室，我在浴室待不长。也不会选择书房，我已经觉得书房有点辛苦。卧房更不能选。我最乐意选择的，是厨房。在厨房里做各种鸡零狗碎的遐想，是很自然和放松的。日本女作家吉本·芭拉拉有部小说就叫《厨房》。小说里那个主人公喜欢成天待在厨房里。但是，她待在厨房想的并非鸡零狗碎，大多是有关生与死的大问题。这个我不喜欢。

事实上，我目前离长时间清闲地"待在厨房"的目标还很遥远。因为如果我不长期待在书房，厨房便失去了意义，这就是人们常说的难做"无米之炊"。我每天都要坐在书房的电脑前写几百字，有时候，也会写上几千字。我将写好的字用 E-mail 发出去，发给报社、杂志社或出版社的编辑。编辑再根据我留在 E-mail 里的地址，将稿费汇到我的名下。所以，很多时候，我出门下楼只是干两件事情，一是买香烟，一是看有无汇款到来。汇款保证我能够在感到饿的时候，从容地走进厨房。

我的生活大致如此。有人问过我，这样你不觉得枯燥、郁闷或寂寞吗？问话中透露出关切。其实，他（她）是不知道，很多年前，我是成天在外面混的。我做过广告，经营过夜总会，办过杂志，搞过推销。灯红酒绿，声色犬马，呼朋唤友，吆三喝四……那样的生活，我经历了好多年。基本没在家里吃过饭，基本没有不醉而归的夜晚。说起来，别人都以为那些年我很快活。就连我老婆也以为我很快活，认为我喜欢过那样的生活。我告诉她我不快活，我不喜欢过那样的生活。但是，她不相信。于是有一天，我做出行动，让她相信。我彻底回家了，过上了现在这样的居家写作的生活。

我们为何陌生

　　朋友打电话问我，对刚刚获得诺贝尔文学奖的奥地利女作家有什么看法？他说了作家的名字，但那个名字在我的大脑里无法有具体的反应。一般来说，作家的名字是与其作品联系在一起的。我对这个名字感到陌生，说明我没读过她的作品。我又让朋友说了一遍作家的名字，但我连跟着他将那名字念出来都做不到。我感到惭愧。朋友笑了，赶紧说，就是那个电影《钢琴教师》的原作者。我于是说，知道了，那电影我看过。

　　我不会弱智到因为自己不知道这个作家，就说人家评委喜欢爆冷门。但我知道，我们的文学界、文化界，是习惯于这种弱智的。比如前些年的奈保尔、库切等作家获奖的时候，我们的一些人就很为自己的无知而感到骄傲。谁不知道瑞典皇家学院那些老头喜欢爆冷门？以这样的心态缓解着我们多年来解不开的"诺贝尔奖情结"。我们很少进行自我检讨，对于一个个获得荣誉的作家，我们为什么陌生？

我是在接到朋友电话之后，才上网去查询，得知她叫埃尔弗里德·耶利内克，生于 1946 年。写诗，写小说，写剧本，还是某个热门论坛的活跃分子。评论给予这位作家最多的头衔是"叛逆"、"变态"以及"才华横溢"。由于连评论者都基本上没读过其作品原作，因此，谈论得最多的只好是那部被电影改编过的《钢琴教师》。资料显示，小说原作出版于 20 世纪 80 年代初。出版之后引起过轰动（包括争议），被改编成电影似乎算是一个旁证。这里我想到的一个问题是，这样一位在西方文坛并非无名之辈的作家，为何她的作品我们一个汉语译本都没有，包括那部在影迷中几乎尽人皆知的《钢琴教师》？

表面上看，我们对世界文学现状的陌生，是因为我们读不到新的翻译作品，是出版的市场化倾向导致了出版物在选择上的唯利是图。但深层的原因却是，我们的文学创作界整体的观望世界的激情的萎缩。曾经极力想走向世界的热情（十分单一和功利的热情）受到不被承认和接纳的打击之后，便掉回头来闭关自守，自娱自乐。我们那么关注他们，他们却并不关注我们，好像认为这是一种文化交易上的"逆差"。我们吃亏了。那么算球了，我现在也忽略你，看你还神气什么？久而久之，我们的作家们在越来越远离世界文学现场的时候，也就越来越有底气将自己看作"大师"了。

其实，且不说还有许多没有获奖的优秀作家在世界的各个角落，在我们闭着眼睛的时候实际存在着，就算是我们认为

"爆冷门"的那些获奖作家，如我们已经读到的奈保尔、库切等，拿他们的作品比较一下我们自己的作品，平心静气地反省一下，我们究竟缺少什么？

从纳博科夫到帕慕克

　　在桃花随时可能开放的时候，我从网上购买了一批新书，其中就有帕慕克的《新人生》。这部小说原著出版于1994年，但对中国读者来说，却是一部"新书"。我们先是在2005年读到他的《我的名字叫红》，然后，2006年，就听说他得了诺贝尔文学奖。于是，便又陆陆续续地读到了他的《白色城堡》《黑书》《雪》《伊斯坦布尔》等汉语译本。

　　在这些年获诺贝尔文学奖的作家中，奈保尔、库切和帕慕克是我最喜欢的。尤其帕慕克，他作品中延续的现代主义的实验性（先锋性）比之前两位作家更明显和突出。因此，一般来说，与库切和奈保尔相比，他的作品要晦涩得多。但奇怪的是，他的书在中国却比奈保尔和库切更好卖。也可以说，他是这些年唯一能够在中国"畅销"的诺贝尔文学奖作家。这现象很有趣，值得写书的和做书的人研究。

　　这部《新人生》的"新书"，买来之后便立即成了我这段时间的倒床书。"某天，我读了一本书，我的人生从此改变。"

这是小说开头的第一句话。这句陈述性的开场白，看似平淡，却有着非同一般的穿透力。试问，哪个读书人没有过这样的经历呢？我就是因为年少的时候读了高尔基的自传三部曲（《童年》《在人间》《我的大学》），而放弃高中学业和高考，15岁就进入剧团，开始了我的"演艺"人生。但是且慢，《新人生》可不是一部老老实实讲述"阅读改变人生"的现实主义小说。小说主人公读到的那部书，也不是我们以为的普通的书。帕慕克用整整一个章节的篇幅，描写主人公阅读这部书的内心感受。那究竟是一部什么样的书？我们读了半天都不知道。只知道，那是一部有魔力的书。随着描写的深入，主人公的精神世界已完全被这本书所控制。非但精神世界，接下来所发生的事情，会告诉我们，主人公的物质世界也将因这部书而发生意想不到的变化。

这次购买的新书中，还有一本是纳博科夫的《微暗的火》。这是纳博科夫在"文本"实验上走得最远的一部小说。他先是写了一篇像模像样的"前言"，介绍一位姓谢德的诗人及其长诗《微暗的火》。然后，我们看见了完整的《微暗的火》这首长诗（约52个页码）。接着，是他为这首长诗做的"评注"（约262个页码）。最后，是约15个页码的"索引"。看书的结构，好像这是一部诗集（其中"评注"远远超过作为主体的"长诗"）。但他确实是一部"小说"。小说的人物、故事、情节就分散、穿插在"前言"、"长诗（《微暗的火》）"、"评注"和"索引"之中。回头再一看，写"前言"的人并非纳博科夫本人，而是一个叫查尔斯·金波特的人（显然是作家杜撰的，这花招他在《洛丽塔》中也玩过）。这样一来，我们也知道了，那个姓谢德的诗人，也是作家杜撰的。

从纳博科夫到帕慕克，他们之间隐隐的有一条联系线。这也是我为什么把他们放在一篇文章里来谈论的原因。

耐人寻味的日常故事

——读艾·巴·辛格的《在父亲的法庭上》

美籍犹太作家艾·巴·辛格的小说总有这样的魔力，只要开篇看上一百字，就无法放手，非看下去不可了。新近翻译出版的《在父亲的法庭上》也不例外。我看了第一篇"牺牲"，没想歇一下，就紧接着看第二篇"死鹅为什么尖叫"，就这样一直看了下去。

辛格是他那代作家中少有的讲故事的高手。他继承了"讲故事"这个老派的小说传统。他没有走乔伊斯和福克纳的路，甚至也没走他的犹太同胞索尔·贝娄的路。他坚持用意第绪语，一种犹太人之间使用的口语感很强的语言，也是他的母语，讲述那些发生在波兰犹太人社区的老故事。他的全部作品都是经由他人翻译成英文，才为犹太社区之外的人所知晓。翻译者其中就包括像索尔·贝娄这样的大作家。他不遗余力地介绍辛格，为辛格1978年获取诺贝尔文学奖做出了较大的贡献。

我在20世纪80年代初读到辛格，他的长篇《卢布林的魔术师》《童爱》，短篇集《辛格短篇小说选》《山羊兹拉特》，说实话，相比于同期读到的卡夫卡的《城堡》，加缪的《局外人》，辛格的小说更好读，也更能被理解。但是，那时候我受西方现代主义思潮影响很深，狂热地迷恋着看不懂的小说。所以，喜欢归喜欢，却没有将其当成自己学习写作的"摹本"。直到进入90年代，我开始从现代主义"城堡"里退出来，重新阅读辛格，真有一种豁然开朗的感觉。"讲故事"这个技艺，是不能用传统与现代去臧否的，而是小说创作永远要面对和解决的一个问题。

《在父亲的法庭上》初版于1962年，是一部由49个故事构成的系列短篇回忆录。自初版以来，已被译成五十多种文字。但汉译版迟至今年才由四川文艺出版社推出。这是一部回忆录与纯文学两种风格结合的作品，被批评界认为是一种全新文体的经典之作，认为："辛格的自传体故事像是直接锻打在一起的独立片断，同时又带着文学作品中罕见的重量与力度。"辛格本人在自序中说："这本书讲述的是一个家庭和一个拉比法庭的故事。这两者紧密相连，难以区分。""拉比法庭实际上是法庭、犹太会堂、书房三者的混合物。甚至可以说是心理分析医生的办公室，因为精神苦恼的人也上这儿来解除包袱。""我相信只要这个世界在道德上是向前发展而非后退，那么未来的法庭将建立在这种拉比法庭的基础之上……拉比法庭的对立面是一切动用武力（无论左派还是右派）的机构。"

小说中的拉比法庭，让我想到过去成都老茶馆"吃讲茶"的习俗。中国百姓向来害怕去官府打官司，有什么事情，喜欢到民间的一些准法庭机构解决。成都老茶馆在清末及民国时候，就充当过这样的民事调解的场所。当事人联系上本地某个头面人物，双方约在茶馆，由这位头面人物出面协调其矛盾，并提出解决方案。后来政府觉得这个有违法纪，明令禁止百姓在茶馆"吃讲茶"，这实际上是在法制不健全的社会，剥夺了百姓的法律自治权。而这种自治权的对立面，无疑就是政府（无论清朝还是民国）这个暴力机构。

辛格讲故事的才能受益于古老的犹太民间传说。但同时，他毕竟处在现代主义思潮的兴盛期，自然也受到了新小说艺术手法的影响。所以，他不可能是照原样将那些民间故事重述一遍，而是融入了自己对故事的认识，以及对小说的认识。这使得他的小说显得格外清新，独树一帜。《在父亲的法庭上》用的是小孩的视觉，讲述的是他眼中看见的，耳朵听到的，那些来到他家里（设在家里的拉比父亲的法庭）的形形色色人物的形形色色的故事。同时，也描绘了他的父母以及自己的日常生活。里面不乏神神怪怪的东西，但它们在被小说家讲述的时候，显得极其自然，就跟聊家常一样。这与马尔克斯的超现实的夸张手法处理类似民间神怪传说（比如《百年孤独》）完全不一样。倒有些卡夫卡的意味，即用很现实的笔调，表现那些超现实的元素。所以，像辛格这样的作家，我们永远无法归类。说他是传统现实主义作家也可以，说他是现代主义作家也可以。同样，也可以说他两者都不是。"他的充满激情的叙事艺术，这种艺术既扎根于波兰犹太人的文化传统，又反映了人类的普遍处境。"这一诺贝尔文学奖评语，应该是对他最恰当的"归类"。

在阅读《在父亲的法庭上》的时候，时常会联想起他的另一部也是由短篇构成的小说，《山羊兹拉特》。一部带有寓言和童话色彩的小说。因为我觉得，《在父亲的法庭上》里面的一个个看似生活中很日常的小故事，无不充满了延伸向人性深处的寓言性。也就是说，辛格所讲述的故事，总不会是像故事本身那么简单。而是会勾起读者自己的很多生活经验，从而去思索一些你曾经想要思索，却又找不到思索方式和方法的那些纠缠于内心的问题。但同时，你如放弃思索，仅仅为了消遣，为了放在枕头边伴你度过不眠之夜，选择这部小说，也是合适而值得的。

随性而读

虞美人

［南唐］李煜

春花秋月何时了，
　往事知多少。
小楼昨夜又东风，
故国不堪回首月明中。

雕栏玉砌应犹在，
　只是朱颜改。
问君能有几多愁，
恰是一江春水向东流。

我读古典诗词不多，能背诵的更少。上中学的时候，老师
要求背课本上的唐诗和宋词，我记得当时把《蜀道难》那么长
的一首都背下来了。但那纯粹是为了应付考试，考完就完了，

忘得一干二净。我后来很长一段时间不喜欢古典诗词，自认为就是被中学的语文课败了胃口。本来很有意境的一首诗，却被他们分析、讲解得索然无味。所以，我后来写诗，一开始就受的是西方现代派诗歌（即翻译诗）的影响。但后来有评论者看出来，我的诗是很受了一点唐诗宋词影响的。对这个评论我不但不反对，而且还很高兴。因为，我自己后来确实是回头读了一些唐诗宋词的。而且，是撇开那些所谓的"赏析"，按我自己的理解去读的。这样一读，我发现我其实是喜欢唐诗宋词的。只是，当有人问我喜欢哪些诗、哪些词的时候，我还是不好意思说。因为，我喜欢的唐诗或宋词，都是平常家长教小孩的那几首，既没有生僻的字，也没有深奥的典故，特别简单，如，李白的"床前明月光"（《静夜思》）、"朝辞白帝彩云间"（《早发白帝城》）、"李白乘舟将欲行"（《赠汪伦》），以及李煜李后主的"春花秋月何时了"（《虞美人》）、"帘外雨潺潺"（《浪淘沙》）等，这样的欣赏水平我怕说出来被人笑话。直到有一天，我看见经济学家张五常在一篇随笔中谈自己喜欢的唐诗时，居然跟我的欣赏水平一样，也是儿童级别的，也是《静夜思》《早发白帝城》和《赠汪伦》那种简单的，明白如话的诗。我当时就笑了，并一下喜欢上了这个老头。于是，除了他那本谈天说地的文化随笔之外，还一口气买了他若干部经济著作，尽管我知道他的那些专业著作并不是写给我这样的人读的。

我说这些的意思是，唐诗是个好东西，尤其我最近读宋词多一些，更觉得宋词比唐诗还要好，好就好在，宋词比唐诗更接近我们日常说话的节奏和语气。这也很符合我自己在诗歌写作上的追求，像说话那样写诗。这样写诗并不等于说我们张口就是诗，而是说，你写的诗应该像你平常说话那么自然，写出来的是跟说话的语调十分接近的一种句子，而不是那种装腔作势，生硬别扭，不像是在说人话的句子。我说唐诗是个好东西，宋词比唐诗还好，自然也不是说所有的唐诗和宋词都是好的，而是如上所说，应该是那些明白如话，不需要注解，更无须多余的讲解与分析，一般人都读得懂，读得进去的才是好的。这就是我自己读古典诗词的体会。也是现在以及将来，我读古典诗词的态度。即，喜欢才读，读得懂才读。我读李后主的词，就是基于这个态度。

就拿他的《虞美人》（"春花秋月何时了"）这首词来说吧，以前读过，昨晚上我又反复地读了很多遍，真是好，好得让我无话可说。当时我就想，如果硬要我来写一篇"赏析"一类的文章，最好的"赏析"，恐怕就是将这首词原封不动地抄写一遍，而不用多余地去对它说长道短。因为，整首词48个字，没有哪个字是你不认识的；8个句子，句句都明白如话，不会不知道它是什么意思。如果像有的选本那样，还要将这首词翻译成现代白话，那就不仅多余，而且是可笑了。这是从直观上说。那么，往深处说呢，这首词有没有言外之意，弦外之音？我得承认，它是有的。谁都知道，作为南唐的最后一个皇帝，一个做了宋朝俘虏的亡国之君，在写这首词的时候，是有很多寄托在里面的。写景状物，其表达的并非景物本身，而是寄托了内心的一种情绪在上面。这也是古典诗词的一个基本特性，也就是所谓的"抒情"。只是，有的诗人抒情抒得很隐晦，如果没有"专家"指点，你根本就不知所云。他好像在做谜语一样，用些典故，用些生僻的字眼，将自己的真正情绪隐藏起来，生怕你看出来了。这也就是唐诗宋词中，有很多我不喜欢的地方。好像读诗也是一门学问，就像数学或考古学一样，非得有老师教，师父带，才进得了那个门槛。但我认为，写诗和读诗都可以是无师自通的。用学问做出来的诗肯定不是好诗，要经人指点才读得懂的诗，也肯定不是好诗。它们最多就是谜语。李煜的这首词，也有字面之外的意思，就是前面说的有内心的情绪寄托。但是，这种寄托却并不难理解。就意思而言，"问君能有几多愁，恰似一江春水向东流"，这两句就把诗人内心的那个东西说得很明白了。

说到这里，我又想到了一个问题，就是我们很多人在进行诗歌阅读（不仅对古典诗词的阅读，也包括对现代诗的阅读）的时候，他本来是读懂了的，比如，"春花秋月何时了，往事知多少"，那意思就是你从字面上读到的那个意思，也就是"春花秋月何时了，往事知多少"。但是，由于受到多年的（如我在中学时代所受到的）那样的教育，不敢相信自己读到的那个意思就真的是那个意思。难道就这么简单，就没有别的意思了吗？其实，它真的就这么简单，诗人想要说的就是："春花秋月何时了，往事知多少。"只是，我们以前受的那种教育，把一首诗，一个句子，分析来分析去，什么时代背景，中心思想，最后把明白的都搞成糊涂的了。我最近在重读这首词的时候，从书柜里拿出来的就是二十多年前的一个宋词"赏析"版本，其中，对"往事"一词，是这样"赏析"的："往事——这里指过去寻欢作乐的宫廷生活。"对接下来的"小楼昨夜又东风，故国不堪回首月明中"之"故国"一词，其"赏析"就更加有趣了："他说的'故国'，只限于'雕栏玉砌'的宫廷，和人民没有什么联系，他的哀愁只是亡国之君个人的哀愁，说不上有什么社会意义。"你看，这像是在欣赏诗呢，还是在查户口，搞鉴定？

所以，我要说，读好诗，也就是读像"春花秋月何时了"这样的好诗，你读到的是什么，它就是什么。任何附加的解释，都是多余的，甚至可能是错误的。

第四辑

与写作有关

为一百个人写作

为什么写作？这是一个写作者始终回避不了，始终需要追问的问题。是一个与生死相类似的终极问题。我的经验表明，当我忘记这个问题的时候，就是我写作最差的时候，乃至做人最差的时候。我的经验同时也告诉我，一个正在得意中的、自我感觉良好的写作者，也是不会去关心"为什么写作"这样的问题的。因此，我们才不幸（或者有幸?）看见了很多差的作品，以及差的人。

现在，几乎所有写作者，都有自己的博客。我也不例外，而且有三个。一个在"果皮"，一个在"天涯"，一个在"新浪"。"天涯"那个是我最早注册的博客，时间大约在 2003 年，名叫"汉字厨房"，主要是贴一些现成的作品，小说、随笔和诗歌都有。一年之后，朋友乌青做的"果皮"文学网站开通了博客空间，我就搬去了"果皮"。在"果皮"的博客，仍然是以贴现成的作品为主。我的大多数朋友（同时也是我的读者）都是"果皮"的常客，且几乎都在"果皮"开有自己的博客，彼此串起门来十分方便，说起话来也十分投机。这也基本上是我"搬家"的原因。而"新浪"的那个，是 2006 年才开的，都不能叫"博客"，只是存放自己作品的一个地方，一个备份，目的是以防万一。所以，我虽然有三个博客，但真正的（或者叫"主博客"的）只有一个，就是"果皮"的那个。

这两年，除了应约而写的随笔之外，我很少在纸质媒体发表诗歌和小说。但凡写了新的诗歌和小说，都是贴在这个博客上。因此，我在"果皮"的这个主博客，也就成了我的作品与读者和朋友见面的主媒体。我特别留意了一下，每一次贴上博客的作品，点击人数一般都在两百个左右，扣除一些重复的点击，实际人数应该有一百个。也就是说，常来我博客看我作品的，有一百个读者和朋友。我很高兴这个数字，因为这样我就可以说，我是在为一百个人写作。也十分吻合我一贯秉承的为自己和少数朋友写作的"信条"。当然，这样说并不表明读过我作品的只有一百人。我知道，过去在书店买过我的小说集和诗集的读者，应该有几千人。但是，现在只有一百人，常来我的博客，读我贴在博客上的作品。这意味着什么呢？我想，这意味着我获得了一个相对自由的写作空间。在这个空间里，我的写作会变得更加诚实。而这种自由空间下的诚实的写作，会让一个写作者时时刻刻倾听到自己内心单纯的声音，而不被那些来自外部的杂音所干扰。假如，我始终处于为一万个读者写作的境地，那会是多么紧张，多么的身不由己。而这样写出的文字，难免不装腔作势。

写到这里，我想到了"畅销"二字。作品的畅销，意味着名与利，与为什么写作一样，这也是一个写作者回避不了的问题。如果谁问我，难道你看见自己的作品畅销会不高兴吗？我当然不会说我不高兴。这样的高兴，与我为一百个人写作的高兴并不矛盾。问题的实质在于，你究竟为什么写作？你的写作与你的内心是否一致？以及，当"畅销"始终与你无缘的时候，你是否还能一如既往地写作？

我为什么要写诗

有人曾经问我，你为什么要写诗？这是 2002 年。我印象中，这是第一次有人直接问我这个问题。而被这样问的时候，我已经是一个写了二十年诗的人了。我觉得这个问题对我来说来得太迟了。如果早十年，哪怕是早五年，面对这个问题，我都有可能滔滔不绝。但是，在 2002 年，我却只能以一句话回答：因为厌倦。

我不是应付，而是确实感到了厌倦。不仅是对于回答诸如此类的"为什么"或"（诗）是什么"感到了厌倦，就是对"写诗"这一回事也真正地感到了一种身心的疲惫。当然，这当中也包括我对生活、对世界的理解，它们和"写诗"一起，都可以归结进"厌倦"二字。我现在也还在写诗，就像我还在"生活"一样。我因"厌倦"而写诗。或者说，现在的我是在没有任何"为什么"的前提下写诗。我还在写，仅仅是因为我已经写了二十多年。就像我没法结束我的"生活"，我也没法不"写"。我说过，写即存在。就这意思。

前不久，诗人李亚伟突然对朋友很感叹地说：就算我们他妈的能活到八十岁，现在也去了一半。"我们"，就是出生于上世纪62、63、64这几个年份的人。"我们"属虎、属兔、属龙。我在写《黑森林》那组诗的时候，曾经就引用过但丁的一句诗：在人生的中途，我迷失在黑森林……而事实上，写那组诗的时候，我才二十三岁。我是一个未老先衰的人。我曾经开玩笑说，我一生的追求和等待就是为了有朝一日能够配得上那句成语：饱经沧桑。在我的青少年时代，我有太多不健康（或者叫晦暗）的心理。好多朋友看过我二十五岁前的照片，说那时候的我比现在要老得多。这说法很幽默。我自己清楚是怎么回事。因为放弃。也许，是放弃让人显得年轻。所以，当亚伟说"去了一半"的时候，我很会心。其实，这还不是一半与一半的问题。事实上，这一半与那一半根本不是一回事。曾经的已经"去了的"那一半，充满了好奇、新鲜、野心，以及躁动和矛盾。而剩下的这一半，无论就生活还是写作，几无悬念，并且一片宁静。在这人生的真正"中途"到来的时候，我感到的是，甚至连"迷失"都没有了。这该庆幸还是悲哀？

诗人杨黎最近出版了一部叫《灿烂》的书。这是一部回忆加访谈的书。回忆的是作者在20世纪80年代的写作经历及日常生活，访谈的当然是其同时代的诗人和朋友。也不仅仅是属虎、属兔、属龙这一群，还有属鸡、属羊、属猴、属马的。即所有被称为"第三代"（也包括"二代半"）的诗人们。总之，用李亚伟今天的话说，是"去了一半"的一拨人。有人就在网上发帖说，（此书的出版）可见得这些人都老了。这样说话的人想必是比我们更年轻一辈的，如果按活八十岁计算，他们可能才"去掉三分之一"，比我们优越。或者在他们的意识中，比我们有优势。因为我们都已经开始回忆了。在他们看来，我们很自然地十分迷恋过去的辉煌。是这样吗？我的回答是：好像是。之所以我不敢确定地回答"是"，是因为，阅读这本书的确带给人许多美好或者好玩的回忆，至于说到"辉煌"甚至"迷恋"，我要说，那只能是年轻人还很年轻的臆测而已。换一种表述是，这部书可以告诉人们这样一个事实，即：那时候，我们有太多"为什么要写诗"的理由，而现在没有。至少是一部分人已经没有了。

我与"非非"

　　1985年我写了十余首诗，我从涪陵把它们寄给了在西昌的周伦佑，不久他就回信说，要搞"非非主义"诗歌运动，是全国性的。所以，"非非"在开始的时候我并没有参与策划，也不知道"非非"是什么，直到1986年第一期《非非》寄来涪陵。

　　封面是横排的"非非"两字和红、蓝、灰的色彩构成。翻开封面，从目录上就看见一些熟悉和不熟悉的人的名字，而细说起来，第一期《非非》上熟悉的名字少，不熟悉的名字多。杨黎我是熟悉的，在1985年万夏主编（杨黎是副主编）的《现代诗内部交流资料》上已读过他的《怪客》。另外我熟悉的还有尚仲敏、万夏、李亚伟，当然也包括几年前在成都见过面的周伦。当时完全陌生但比较感兴趣的名字有两个：蓝马和吉木狼格。

　　我看见我寄给周伦佑的那些诗（有十首）被冠上《鬼城》的总题编发在"非非风度"栏目，而排在我的前面，也是本期最前面的诗歌是杨黎的《冷风景》。当然，我特别的读了《冷风景》，这原因一是因为它是《怪客》作者的新作（1985年我在读到《怪客》后就写信给万夏，说那一期《现代诗内部交流资料》我最欣赏的是杨黎的《怪客》，其次是周伦佑的《带猫头鹰的男人》）；二是因为它排在《鬼城》的前面。

然后我读了《非非主义宣言》《变构：当代艺术启示录》《前文化导言》《非非主义诗歌方法》《非非主义小辞典》等文章。但是，坦白地说，我还是不明白"非非"是什么。

接下来，应周伦佑之邀，我和刚结婚不久的妻子在1986年的夏天到了西昌。我们路过了成都，但没有与杨黎见面，原因是周伦佑在信上说，杨黎和尚仲敏也要去西昌，所以就没单独去找他们，而是想到了西昌后大家一起见面比较好。但结果是，我至今都不知道是什么原因，杨黎和尚仲敏那次都没有到西昌去。在西昌我见到了蓝马、吉木狼格、刘涛和杨萍，并知道了刘涛是蓝马的妻子，杨萍是吉木狼格的妻子，以及这次也没有到西昌来的"非非"另一位女诗人小安，则是杨黎的妻子。蓝马给我的最初印象的确是一个很帅的男人，而吉木狼格不怎么爱说话。我那时也不爱说话，所以，每当周伦佑和蓝马进行"文化"和"前文化"的讨论和争论的时候，我和吉木狼格都是沉默着倾听，自然，那一次我也没能和吉木狼格进行交流。周伦佑称他和蓝马之间的争辩是在"练兵"，说今后出去好和别的流派的人论战。

在周伦佑家住了大约有一周，我和妻子就离开了西昌，乘火车去了云南。我当时身上还背了三十本《非非》，准备到昆明后交给于坚（我在涪陵编《中国当代实验诗歌》时与于坚通过信，当时周伦佑也有意拉于坚进"非非"）。但那次于坚没在昆明。然后，我们就自己去游了翠湖、滇池，又去贵州安顺看了黄果树瀑布，经由重庆回到了涪陵。

"非非"是什么呢？因为我已经是"非非诗人"，所以必须思考这个问题。其实，在那时这也是很容易解决的问题。因为在1986年的"先锋"诗歌运动中兴起的众多诗歌派别，"非非"是最具理论色彩的，有系统的理论主张和具分量的"理论文本"，我不用思考也可以照本宣科。但这显然不是我愿意去做的。我那时也赞同周、蓝二人的"非非"主张，但它们不是我的思考，也就不能成为我的言说。后来我在和杨黎、尚仲敏、吉木狼格的交谈中，也发现了他们并不反对周、蓝二人的理论和主张，但在言说"非非"尤其是谈到自己的诗歌创作时，与"非非"的理论和主张就很不一样了。特别是杨黎，他不仅对自己的诗歌进行理论性的思考，对周、蓝二人的"非非"理论也进行了批判性的思考。注意过杨黎发在《非非》1986年理论专号上的《声音的发现》的人，就应该感受到杨黎的理论素养。所以，研究"非非"理论，如果忽略了杨黎的《声音的发现》《立场》等文论，那是不完全的，事实上便是忽略了"非非"还存在着的另一种"声音"。

从《非非》1986年创刊开始，作为中国"先锋"诗歌最具流派特征的"非非主义"便获得了"革命性"的成功。但这与其说是"非非"诗歌的成功，毋宁说是"非非"理论的成功。批评界关注得更多的是"非非"提出了一些什么，而不是"非非"创作了一些什么。甚至认为"非非"的理论与创作脱节，"非非"只有主义而没有诗歌。导致这种现象我认为有两个因素：一是人们存在着一个误区，即理论指导创作，或创作必然接受理论的指导，所以，当人们无法将作品与"创作主张"一一对应时，就会说只有主义没有诗歌；二是在那个堪称"兵荒马乱"的诗歌爆炸年代，少有人能够沉静下来认真而细致地面对诗歌，对于诗歌自身所呈现的形态是根本没有去研究的，或者因找不到现成的说法而"无话可说"。相反，对理论发言比对作品发言显然要容易得多。

那么，我是怎样看待这个问题的呢？

如果说"非非"是一个成功的"品牌"，这个"品牌"能够被广泛而有效的传播，"非非"的理论主张和包括名称、刊物设计、"编后五人谈"等包装手段构成了其中的先决条件，这就像"CI战略"，"非非"的"品牌理念"和"视觉识别"系统无疑都是一流的"创意"。虽然在"非非"出现的那个年代，中国的市场经济和商品社会的形态还没有形成，但以"反文化"、"超文化"为口号的"非非"，必然要超越于它的时代，而提前进入到另一个时代。所以，我们将"非非"放入今天的时代背景加以考察，就不会责怪当年"非非"的"操作"行为，同时，也会更加深刻地认识和认同"非非"获取成功的合理性和必然性。当然，"非非"诗歌价值的被忽略也就不足为怪，不是什么不可以理解的误会了。

　　1986年的"错失"，将我和杨黎的见面推迟了两年，直到1988年我和周伦佑参加"运河笔会"从扬州回到成都，我们才有了诗歌的交流，并将这种友谊保持至今。那一次"运河笔会"是官方举办的，但受邀的"民间诗人"也不少。我没有受到正式邀请，而是受周伦佑的邀约前去"列席"的，他本来也邀约了蓝马和杨黎，但他们未去，其原因我后来隐约得知，是周、蓝二人那时就已经有了分歧。1988年我已经写出《组诗》，并将它题献给蓝马。周伦佑是十分推崇《组诗》的，但他对题词表示了意见。在扬州时他就明确建议我删掉，他说，这会给作品造成误读（后来果然就因为这个题词，一些评论者便认为《组诗》是按"前文化"理论创作的，何小竹被"非非"理论葬送了等言论）。我在扬州接受了周的建议，但回到成都后，蓝马听说我在周的建议下删掉了题词，就在一次去公园的途中做我的工作，希望我保留原来的题词。蓝马要求保留题词的理由我已记不得了，但我自己保留那个题词的理由却很明白，那就是出于友谊（这也是题词的初衷）。在1988年的《非非》作品专号上，《组诗》没有被排在头条位置，而是位居蓝马的长诗《世的界》之后，这表明周伦佑在和蓝马的斗争中最终让了步。但就作品而言，《世的界》是对杨黎《高处》的模仿，严格意义上不是蓝马的成功之作。蓝马真正具有原创性的作品应该是他写于90年代初的《献给桑叶》等短诗。杨黎也说，当读到蓝马的这些短诗时，他心里确实松了一口气。

"非非"在理论建设上并未深入和完善，其中没有建立起一套"非非批评方法"，就是一项重大的缺失。所以，具体到诗创作而言，什么是"非非"的诗，什么不是"非非"的诗，这其中的批评标准是什么，都没有一个可操作的定义和规则。诗人的创作可以没有定义和规则，但一种理论的批评却是少不了方法和框架的，否则，便无法形成独立的批评话语。所以，当我今天在论及"非非"诗歌，并对一些诗人进行评价时，依据的仍然更多是个人的趣味，换句话说，也就是我的"非非"观。

　　现在，如果有人问我，谁是"非非"第一诗人？毫无疑问，我会说是杨黎。这种认识和认同并非是友谊的结果。杨黎的诗不论是献给阿兰·罗布—格里耶的《冷风景》，还是《高处》《声音》和《英语学习》《西西弗神话》等短诗，都证明了"诗从语言开始"（杨黎语）的无限可能性，诗绝对不是到语言就完结了。基于这种认识，我们对《冷风景》和"新小说"之间存在的关系的言说，就不会停留在肤浅的所谓"借鉴"和"仿效"的层面上，《冷风景》不是因为"新小说"而存在的，它的存在从"自身的语言"开始，而语言材料来自何处并不重要。也即是说，不管你所用的语言材料是来自书本还是所谓的"生活"，这要看它们到了你的手中能否重新"起步"，能否在那个新的空间中无限地延伸。

　　这种"趣味"除了杨黎之外，在我和吉木狼格和小安之间，也是可以共鸣的，尽管在表述上不尽一样。如上文所说，

"非非"的诗歌因受"非非"理论的张扬和时代认识的局限而被忽略是一种误会，那么，吉木狼格的诗在"非非"诗歌中又遭受忽略，则是误会中的误会了。就连柏桦在90年代经杨黎和我的推荐读了吉木狼格的《怀疑骆驼》《红狐狸的树》和《榜样》等诗后，也激动地说："吉木狼格的诗很'非非'！"喧哗过后是沉静，吉木狼格的诗没有刺激人感官的外在形式，在文学活动中也处于"不善言辞"的"不利地位"，我们只能在沉静中才能感受其美，我们也只有在真正面对诗歌的时候，才会发现吉木狼格的诗歌对"非非"诗歌究竟贡献了什么？应该这样说，没有吉木狼格的诗歌，"非非"诗歌作为一个流派（即整体集合）是严重缺失的，甚至作为"非非"的诗歌因此只能被视为一个群体，而缺少了构成这个流派的其中的一个重要支撑。

小安诗歌的被忽略，基本上也是这种情况，有一点例外的是，小安作为杨黎的妻子事实上使作为诗人的小安也长期生活在杨黎的"阴影"之中，从而遭受了"非非"内部和外部有意无意的忽略和回避。这算不算误会中的误会的误会呢？当然这不是最主要的因素。主要的还是在于批评界的愚蠢和无知。在80年代，一个"先锋"阵营中的女性诗人，如果她的诗中没有能够用弗洛伊德学说进行解说的"潜意识"流露，没有美国自白派女诗人普拉斯的那种"死亡意识"和自恋、恋父情结，是不会被重视的。我无意贬低普拉斯那样的诗人，也无意于否定有"女性诗歌"存在这个事实和其存在的价值。我想说明的是，一个超越了性别存在而"从语言开始"进行写作的诗人，小安的诗歌没有受到应有的评价和足够的重视。就其诗歌的纯粹和对语言的自觉性而言，她完全可以排在"非非"任何一位"男"诗人之前。

"非非"挽救了许多人，石光华曾经不无讥讽地这样说过。他的话是说对了，但错在自身所持的态度上。在我看来，"非非"其实是挽救了一个时代。中国80年代的"先锋"诗歌运动如果没有"非非"的出现，只能算作一场"改良派"式的运动，对传统的破坏只能是要么虚张声势、要么羞怯的一击，对新诗歌标准的建构也只能是止于修辞的层面，其运动的指向将会是要么不了了之、要么在更高层次上融入主流文化，其运动的形态也将会是平庸的——就如同整个世界的"先锋"文学运动不曾有过"超现实主义"一样。而且，我还要说明的是，"非非主义"较之"超现实主义"更加远离"这一个"世界。换言之，"非非"为"这一个"世界打开了一扇窗户，让整个时代的人都呼吸到一股新鲜的空气，这股新鲜的空气无疑迫使人们重新对世界进行"语义的"审视。

蓝马曾经说过，"非非主义"不局限于诗歌的领域，我想这主要应该指的是他的"前文化"理论的构想。而在我看来，就其对时代的贡献的意义而言，"非非"仍然应该首先是"诗歌的"。这不仅仅因为"非非"为一个时代提供了诗歌实验的多种"范式"，而且，因为诗歌先天具备的"形而上的"属性，使得"非非"仅仅以其诗歌就足以超越这个时代哲学的和宗教的层面，在"这一个"语言的世界中，找寻到"另一个"世界的语言。

"非非"作为一个流派，在今天固然是回忆中的往事了。"非非"流派的解体源于1989年，完成于1993年。周、蓝二人的决裂使得"非非"在进入90年代后就率先失去了周伦佑。1990年和1991年我们（蓝马、杨黎、尚仲敏、吉木狼格、刘涛、小安和我）继续编印了两期《非非》，并因外部的原因以及内部的因素，易名为《非非诗歌稿件集》。除保留了原有的"非非"主力阵容之外，"非非"诗歌的重要性得到了突出和显露（两期"非非"均无一篇文章），"非非"作为流派的风貌得以保持和延续。而90年代初，周伦佑也继续编印过他的两期《非非》，但那已经不是一个流派刊物，仅剩下"非非"的刊名，诗人和作品都已将大量不是"非非"，乃至曾经是坚决反"非非"的诗人（如欧阳江河等）纳入其中，事实上它已经变成像《诗刊》和《人民文学》那样的公共刊物了。到了1993年，我们（杨黎、吉木狼格、尚仲敏和我）与蓝马的再次决裂，便最终导致了"非非"流派的解体。

今天，当我和杨黎、尚仲敏三人再次会聚在成都的某个茶楼，为"非非"所能做的也只是"历史性"的档案工作，而我们自己除了现实的生存和个人的写作之外，再要经营"非非"这个"品牌"已有隔世之感，且于诗歌创作本身也无太大的意义。但曾经存在过的那个"非非主义时代"，是可以有更深入的研究和总结的。那的确是一个会聚了所有中国最优秀的先锋诗人的黄金时代，一个可以在广义上以"非非"命名的时代。

加法与减法

　　——诗集《六个动词，或苹果》自序

1

　　着手编这本诗选有将近一年的时间。我重新看了我在 20 世纪 80 年代的作品，满意的不多，只选了少量编成"梦见苹果和鱼的安"和"组诗"两辑，另有十几首分别穿插在其他小辑里。所以，这部名为《六个动词，或苹果》的诗集，大多数是"新作品"，即写于 1994 年以后的作品。这是在编选上做的一道加减法，即增加新作品，删减旧作品。

2

　　近二十年来，在写作上，我其实也在做着一道加减法。我在写作的初期，思考得很多。我有过一个被评论者称为"巫术诗"或"超现实主义"的诗歌写作时期，这时期以《梦见苹果和鱼的安》等作品为代表，也就是 1986 年发表在《非非》创刊号上以《鬼城》为总标题的那十首诗。这开始我被认为是一个风格独特的诗人。所谓"风格独特"，就是别人可以在我的诗中读出潜在的很多东西。其实我自己觉得，除了语言呈现之外，并没有那么多让人解读出来的东西，我本意还是很"形式主义"的。但是，另一方面，正如杨黎后来说的那样，时代风气也在影响着我，或者暗示着我。那时候便觉得，能够有些东西让人去解读也不错。于是，我有意识地开始做起了加法，也就是，将那些"风格化"的东西做进一步的强调，以让人有更多的联想。好在，追求简约的天性，以及"非非主义"的"戒律"，使我没在这路上滑得太深。很快，也就是在写了《第马着欧的城》之后，我放弃了所谓"风格"。

3

我开始写作《组诗》，是在 1988 年。虽说，单从文本上看，《组诗》做的还不是减法，反而是加法，即比《梦见苹果和鱼的安》那些诗想法更多。但也正是这些"更多的想法"，成就了我以后的减法。事实也是这样，到《6 个动词，或苹果》《剩下一些声音，剩下一些果皮》及《序列》，就呈现出了一种"减"的模样。然后，1992 年，我到了成都，与杨黎、吉木狼格、蓝马等"非非"同人生活和工作在一起，又写了一些短诗，如《川戏》《狄安娜》等，与我后来的"新作品"就更加接近了。只是，还有种东西没有穿透。1993 年，我又写了《我试着用平常的语言》。这首诗在标题上就很能表明其写作意图。然后，到了 1984 年，我去了一次昆明，一个人在翠湖边的林业招待所住了半个月，写了《1994 年冬在昆明》等近十首诗，自己也觉得，有脱胎换骨的感觉。这些诗带回成都给杨黎看了，他认为是"非诗"，这给了我极大的鼓舞。我的理解是，这"非"既是"非我"（即不同于以往）的诗，也是更"非非"的诗。为了将它们与已有的"诗"相区别，我将之后的写作（如《不是一头牛，而是一群牛》《福尔沱道班》等）都称之为"新作品"。

4

真正意义上的减法从此开始。减掉了什么呢？正如我在2000年接受《城市画报》记者吴梅的采访时谈到的，减掉的就是意义（包括哲理），以及诗意（包括抒情）。当取消了意义的表达，诗意的流露，还剩下什么呢？吴梅这样问我的时候，我回答说，剩下的就是"诗"。也就是说，这样的写作，是放弃了那些曾经是"诗"的基本元素的写作，是"诗"的新写作。2000年在杨黎的"橡皮"酒吧，我们在总结"这样的写作"时还加了一条：反语感（或者叫超越"语感"）。也许更理论化的表述应该是："超语义"。这是"这样的写作"的一个至关重要的背景。因为在我看来，"语感"也是"语义"的和"风格化"的。"超语义"是蓝马"前文化"理论的一个基本命题，也是理解"非非主义"的一个关键词。但要解释起来却非长篇大论不足以说明。这一基本命题后来被杨黎在《杨黎说：诗》一文中所发挥，浓缩成四个字："言之无物"。也就是后来我们所说的"废话"。当然，"新作品"还有一个更具亲和力的写作背景，那就是杨黎、吉木狼格、小安、韩东、于小韦、于坚、丁当、朱文以及后来的乌青等人的写作实践。我为自己能够与这些优秀诗人同处一个时代感到无比荣幸。

5

但是，为什么要如此"约束"自己呢？因为这样的写作无疑是一种"极限"写作，每一次"减法"将面临的既是"发现"，也是"绝境"。绝处逢生，是这种写作状态最形象化的描述。但是要"理论"地解释起来，却很复杂（事实上，就是"理论解释"也只能一部分说明为什么要这样写，而与具体的写作并无直接的关系），弄不好，会产生更大的歧义，把人搞得更加糊涂。所以，简单地说，就是我基本上是将写诗当成一种游戏看待的。而凡是游戏均有其游戏的规则。在规则中游戏，是游戏最初也是最终的乐趣所在。

我想写一部公路小说

　　写一部公路小说，是我几年前就有的一个想法。所谓"公路小说"，是我从"公路电影"套用过来的一个概念。在所有类型电影中，我最喜欢侦探片，其次就是公路电影。"公路"这个类型，就是将故事的发生设置在路上。比如影迷们熟悉的《德克萨斯州的巴黎》《杯酒人生》等。小说领域似乎没有这个类型，或者说，有这样的小说，但没有这个说法。比如凯鲁亚特的《在路上》，我们也可以说它是一部公路小说。

　　公路小说不仅是将故事情节设置在路上，而且，我还想的是，它也应该是适合人们带在旅途中阅读的小说。多年来，我都有这样一个习惯，凡出门上路之前，总要挑选一两本书，先于换洗衣服和洗漱用具，将它们放进旅行包，心里才踏实。而我体会到的是，不是什么书都放得进旅行包的，因为在路上读书的心境与在家里是很不一样的。一般说来，能够在旅途中读的书，应该是比较轻松一类的。如果是小说，故事情节最好有点悬念，但又不能太复杂。小说的语言简单、朴实一些，人物形象和人物关系集中一些，以免造成阅读的障碍。至于小说的基调，是喜剧还是悲剧，这个倒是无所谓的。

《藏地白日梦》这部小说，我开始的构思并不是"在路上"。一开始，我只是想写这么一个人物，一个事业有成，但却心生厌倦，没有幸福感，还遭受着严重的失眠症的折磨，这样一个人物。他按部就班、周而复始地生活在一座城市里，有一种被什么困住，但又力不从心，改变不了任何局面的挫败感。这样的人在我们的身边其实很多。正因为很多，我不能泛泛而写，那样很容易将其写成一份现代人的病理报告，有普遍性，但没有个性，不是我期待中的小说。所以，整个构思过程，我也像我要写的那个人物一样，陷入了一种走不出这座城的困境。甚至像我要写的那个人物一样，也患上了失眠和抑郁（当然是比较轻度的）那种症状。我知道这样的状态是不能动笔的。写小说这么多年，我的经验是，如果自己的情绪没有飘起来，写作时没有那种飞的感觉，写出来的文字是毫无光泽，毫无空间可言的。

恰好这个时候，也就是2008年春节前，我碰到了多年前认识的一位做企业的朋友。他问我最近在忙什么？我说正在构思一部小说，但陷入困境，找不到突破的方向。他看了看我说，难怪气色这么不好，一种亚健康的症状。他说，他不做上市公司老总已经两年多了，现在开始做一个小型的医药公司，正好有一个产品很适合我。我问是什么产品？他说就是针对像我这种亚健康人群的，有抗疲劳的功能，建议我试一试。该产品的原材料是生长在海拔 4000 公尺之上的一种植物，名叫红景天。其中品质最好的大花红景天，就生长在我国的西藏。我脑子里突然闪出一种光亮，西藏，红景天，海拔 4000 公尺之上，这几个词语所呈现出来的意象让我浮想联翩。我一下觉得，我所构思的那部小说，开始摆脱地心的引力，往上飘了起来。虽然我一时还不能进入到一个具体的情节，但可以肯定的是，那个我想要写的人物，差不多可以不用在这座城市里原地打转了。

很多时候，写作的所谓灵感，是触点似的，先有看似毫无关联的一个一个的点，最终构成小说的一条线、两条线。在我被西藏、红景天、海拔 4000 公尺之上这些点触动的时候，我马上又联想到了 1999 年，我与一位朋友去南方的一次经历。那次，我们去了广州、深圳、珠海等地。南方的天空高远而明亮，让我这个在成都的阴郁天气里生活多年的人激动不已。坐在长途汽车上，我对同路的朋友说，真想就这样留在南方不回去了。他笑了笑说，你哪有不回去的理由？是啊，我说，除非有谁现在就把我绑架了。

就是这个联想，让我联系上了多年来我想要写的公路小说，一下便确立了小说的基本情节：一位名叫张非的剧作家，被几个来历不明的人不明原因地绑架上川藏公路，从成都，经康定、塔公，一直到理塘……

但这部小说，《藏地白日梦》，却并没有那么深入地去表现藏地的景物与风俗，更没有触及藏地的历史与文化。从成都到理塘，及其沿线的城镇，只是被我用来做了故事发生的背景。故事的主人公只是藏地的一个经过者，他的身份与经历都无法让他深入到这块土地的内部。而作为小说的作者也一样，哪怕之前我有过多次游历藏地的经历，也对藏地的历史和文化有过一些阅读和了解，但我仍然小心翼翼地选择了避开这些知识与见闻，不想在小说中去营造那种虚假的"藏地风情"。这是我对这块土地应有的一份敬畏。我只是在小说的扉页上引用了小说主人公张非的一句话：

人生中途，我迷失在海拔 4000 公尺之上。

同时引用的还有："只有身心受过震颤，变成精神的人，才能理解，一切皆有可能。"和"唯其荒谬，故而可信。"两句话分别出自丹麦哲学家克尔恺郭尔和俄国哲学家列夫·舍斯托夫。

诗歌写作的二十一条自律

1. 写自己心里想写的。

2. 每天追问一遍：我为什么写诗？

3. 但不是每天都得写诗。

4. 忘掉你已经写过的东西，保持初学者的状态。

5. 相信一个人一生只有几首好诗，其余的都是在练习，在混时间。

6. 保持对美的警惕，对真的怀疑。

7. 适当地滋生一点厌倦感。

8. 闭目塞听，有一点孤独（哪怕是假装的）也不错。

9. 只有当自己被某个念头完全控制的时候才能动笔。

10. 而且，一定要清楚自己在写什么。

11. 不要奢望什么读者效应。事实上，读者只有一个，就是你自己。

12. 记住你不是世界上唯一的诗人，这点也很重要。

13. 别把诗歌与国家和民族扯上关系。写诗只是解决自己的问题。

14.（这一条空着。）

15. 说到底，写诗是一件失败的事情，要有这样的心理准备。

16. 为失败而写？或者可以这样说。

17. 诗歌是有声音的，但写诗的人应在内心保持一种寂静。

18. 写诗肯定有技巧，就像拉小提琴一样，需要经过长期而艰苦的练习。但不要炫耀技巧，更不要扬扬得意或心浮气躁，因为语言的成色，内行人一眼就可以看出来的。

19. 读到好的诗要高兴，哪怕赞不绝口。对不好的，则可以保持沉默。

20. 诗歌有无尺度？肯定有。但任何尺度，都是为自己而设定的。除非你打定主意要当一个诗评家。

21. 比如，此"二十一条"仅对本人有用，且有效期为2008 年 12 月底。

关于写作的 11 个感悟

1. 写作不是一项事业，而是一种生活。明白这个道理比较晚。但明白之后，写作的状态就自然起来，障碍（至少是无关紧要的障碍）就少了许多。

2. 以前是拿着笔，在一张纸上写作。后来是面对电脑屏幕，手指在键盘上敲击。这种写作工具的改变，也改变了写作的某些状态。比如，更沉静，或者说更没有激情。

3. 纵然写作已不是事业，但作为一个职业写作者，与任何职业者一样，厌倦是难免的。但唯有这种职业的厌倦感，才能使自己抵达写作的本质，即：唯有写作，才能抵消（抵抗）这种厌倦感。换句话说，就是"我因厌倦而写作"。

4. 一个以写作为职业的人，常常会陷入丧失写作前提的虚无，就是为什么写？最后只能以写作本身作为写作的前提。

5. 就像现在一样，本无话可说，却因为确定了"关于……感悟"的标题，便也得写下去。

6. 那么，我是不是很怀念那种"有话要说"的青春期呢？

关于这个问题，我想过许多年了，都不能有把握地回答。因为"青春期"一旦被置于过去时，总有美好的光影，说不怀念，在情感上是不真实的。但现在的"无话可说"，也是真实的。那么，我认可哪一种真实呢？

7. 沉静与平静不是一个层面的状态。平静是一种苍白的仅仅是白痴也会有的生理表现。而沉静却带有相当的"感情色彩"（这个用语是否准确？），是一个人因智慧而自觉的一种选择。一个写作者选择了沉静，就等于摒弃了写作的目的，而仅仅保留写作的目标，就等于认可了虚无，而摒弃了虚荣。这同时也让自己变得晦暗。而晦暗是隐者的本分。而写作者就是一个隐者。他隐于写作，隐于文字，也隐于时间。

8. 杜甫是一个隐者，李白不是。但杜甫不是一个自觉的隐者，他本不想隐，只是时运不济，被隐了许多年。

9. 何为自觉？自觉就是智慧，有了智慧便有自觉，便有自觉的选择。而智慧是什么？我不知道。我不知道不是说它是一种神秘的存在，而是不可言说。

10. 好了，关于写作，就这些感悟。

11. 最后要说的是，我不喜欢双数。我写诗的时候，一旦诗歌的行数出现双数，我总是力图（尽量）减去一行或增加一行，不然就觉得别扭。这是写作形式上的一种癖好，无道理可言，不算是严格意义上的"写作感悟"。

未完成的"先锋"

——我亲历的中国当代文学

一、1979 年的一个下午

1979 年的一个下午，我收到了在北京上大学的中学同学寄来的一本杂志，是北京大学中文系学生自己办的一份校园杂志，刊名叫《未名湖》。里面有一篇诗歌评论，让我特别好奇。评论中提到的诗人，都是我之前完全不知道的，比如北岛、芒克、顾城，评论中引用了他们的诗歌。

读到这些诗歌我很激动，是那种发现新大陆的激动，原来诗歌还可以这样写。这与之前我看到的那些发表在公开出版物上的诗歌完全不同。就是从这个下午开始，我有了写诗的冲动。

那时我 16 岁，是一个地区歌舞团的二胡演奏员。那个下午之后，我开始了去图书馆的疯狂阅读，也开始在这座长江边的城市里兴致勃勃地寻找爱好诗歌的同道。

从 1979 年到 1986 年，被称为中国的"思想解放"时期，读书和思考的风气空前活跃。尤其是青年，无论是在校的大学生，还是校园之外的社会青年，他们对精神食粮的渴望，远远超过了对大米和鸡蛋的渴望。萨特、弗洛伊德、尼采等西方哲学家的著作被重新出版，成为热门读物。存在主义、潜意识、超人等词汇被大学生们时常挂在嘴边。中国哲学家李泽厚所著的《美的历程》一书畅销百万册，在中国掀起一股罕见的"美学热"，他本人也成为青年们尊崇的导师和偶像。

二、1984 年冬天，李亚伟写来了一封信

就是在这样的社会背景下，我开始疯狂地阅读，为将来的创作做着准备。我最早读的是 19 世纪批判现实主义作家的作品，俄国的、法国的、英国的，其中，对我影响最大的是狄更斯的《远大前程》，陀思妥耶夫斯基的《卡拉马佐夫兄弟》，以及托尔斯泰的《复活》。与此同时，我也认识了同城的几个文学青年，他们有在校的大学生、中学的教师、皮鞋厂的工人、百货公司的会计、报社的编辑。我还惊喜地发现，与我同在一个剧团，并与我住同一个宿舍的琵琶演奏员，他也在偷偷地写诗。

1983 年，我认识了朱亚宁和陈乐陵，他们一个是广播电视大学的中文教师，一个是艺术馆的美术干部。他们写小说，已在文学杂志上发表过作品。他们一致认为，我读的那些作家都过时了，我应该读一读 20 世纪外国现代派的作家，读一读卡夫卡。

也就在这个时候，中国诗人兼翻译家袁可嘉主编了一套名

为《外国现代派作品选》的丛书。通过这套丛书，我接触到了达达主义、超现实主义、表现主义、未来主义、荒诞派、自白派、意象派、意识流、新小说以及魔幻现实主义等文学流派。其中，影响我最大的，是卡夫卡的《城堡》，马尔克斯的《百年孤独》，博尔赫斯的《博尔赫斯短篇小说集》以及罗布－格里耶的《橡皮》。

1984年夏天，我收到了一封信，写信人名叫李亚伟。他是通过我的朋友而知道我的。随信寄来了一本油印诗集，叫《恐龙蛋》，于是，我知道了有一群与我年龄相当的人，在写一种惊世骇俗的诗，他们宣称自己是一群身上挂满诗篇的豪猪，为打铁匠、大脚农妇写诗，写的是"他妈妈的诗"（一种骂人的粗话）。这一群人中，除了胡冬毕业于四川大学，二毛毕业于涪陵师专之外，李亚伟、万夏、马松、胡玉等均毕业于同一所大学——南充师院。他们自嘲这是世界上最烂的大学。他们就是后来充当了"第三代"诗歌开路先锋的"莽汉"诗人。

那年夏天，我陆续收到了李亚伟从一所偏僻的乡村中学（他毕业后工作的地方）寄来的一本本油印诗集。我和我身边的朋友们（朱亚宁、陈乐陵、杨顺礼等）在江边的茶馆里朗读着那些后来成为名篇的诗歌，胡冬的《我想乘上一艘慢船到巴黎去》《女人》，万夏的《红瓦》，李亚伟的《我是中国》《硬汉们》《中文系》《苏东坡和他的朋友们》，马松的《咖啡馆》《生日进行曲》《灿烂》等。

"莽汉"诗歌追求生命的原生态，显示了一种非理性的反文化姿态。他们摧毁优美，解构崇高，随意性的口语，放荡不羁的叙述主体，是美国"垮掉的一代"的远房亲戚。由于都是出生于 60 年代初期的人，他们的诗歌语言天然的带有一种暴力的倾向，大量借用"文革"话语，带有强烈的反讽和批判。

夏天快要结束的时候，李亚伟来信，告诉我他的"莽汉"朋友万夏正在成都与一帮诗人发起成立四川省青年诗人协会，委托他到涪陵来，与我一起成立涪陵分会。接着，我陆续收到从成都万夏那里寄来的有关青年诗人协会的文件。这些用不同材质和颜色的纸张打印的文件前后矛盾，意味着内部充满了斗争。到了冬天，李亚伟终于穿着一件军大衣，带着二毛、蔡利华等"莽汉"兄弟出现在我的宿舍门口。他个子高，偏瘦，一头长发，架着眼镜的脸上长满了青春痘。这个在诗歌中落拓不羁的人，给我的最初印象却是出乎意料的腼腆，喜欢掩嘴而笑，并要求洗热水脸。

涪陵分会并没成立，我们只是借此机会昏天黑地地喝了几天酒。但这次见面对我的影响极大，可以说，是李亚伟及其"莽汉"诗歌激发了我内心的反叛精神，不再为发表而写诗，而是为写诗而写诗，写自己想写的诗。

后来有朋友问我，当时怎么没加入"莽汉"？其实，这个问题我在与李亚伟初次见面时就已经有过解释，我说我喜欢你们的诗歌，但我自己写不了，因为我的性格和我的生活方式都跟你们不一样，写出来一定是假的。

1995 年，我写出了《梦见苹果和鱼的安》《大红袍》《牌局》《一种语言》等十余首诗歌。我自己也很吃惊，无法解释它们属于哪一个类别。冥冥之中，我好像在等待着一种召唤。

三、1986 年，"非非主义"诗歌运动

大约在 1985 年底，或 1986 年初，我接到了周伦佑从四川西昌寄来的信，他告诉我，他正在准备发起一场名为"非非主义"的诗歌运动，要我寄一些诗给他。

我是 1983 年在成都参加四川省青年文学创作会时认识周伦佑的，他那时在《星星诗刊》做兼职编辑。他比我年长十多岁，已经是省内小有名气的青年诗人，口才极好，对人也很热情。从成都回来，我与他一直保持着书信联系。

于是，我把最近写的诗寄给了他。就是《梦见苹果和鱼的安》《大红袍》等十多首诗歌。

过了几个月，时间进入 1986 年夏天，我收到了周伦佑寄来的一本杂志：《非非》。我寄给他的那些诗，被他冠以《鬼城》的总题，发表在了这本杂志上。

这当然是一本没有经过国家正式批准的杂志，跟李亚伟他们的《莽汉》打印诗集的性质一样，在当时被称为"地下刊物"。只不过它是铅印的，封面也是彩色的，比《莽汉》要更像一本杂志。

《非非》创刊号发表了蓝马执笔的"非非主义宣言"，周伦佑的《变构：当代艺术启示录》，蓝马的《前文化导言》《非非主义小词典》，以及周伦佑和蓝马合作撰写的《非非主义诗歌方

法》。这些理论性文章力图告诉人们，"非非主义"是什么或不是什么。但我是一个不擅长理论思维的人，我看了这些文章还是不明白何为"非非主义"？我只是为文章里那些词语感到新鲜，并有完全的认同。尤其《非非主义宣言》，它带给我的激动不亚于当年的革命青年读到《共产党宣言》的那种感觉。

事实上，"非非"就是一场革命，语言世界的革命。它要求我们把所有被文化污染了的语言清洗干净，还原到它们本来的面目。比如"月亮"，它不应该再是"宁静"、"乡愁"、"浪漫"以及"爱情"的象征物，它就是天上的那个发光体。

很多讽刺"非非"的人说，你们又要超越语义，又要用语言写诗，不是要提着自己的头发离开地球吗？啊，"提着自己的头发离开地球"，这是多么美妙的事情。好，就冲着这个讽刺，我当定了"非非"诗人，我要提着自己的头发离开地球。

而且，我知道，当我有一天提着自己的头发离开地球的时候，我并不孤单。《非非》创刊号上，头条刊发了杨黎的《冷风景》。"冷风景"也是一个总题，在这个总题下，是《街景》《小镇》和《红色日记》三首诗歌。凭着这些诗歌，杨黎已经提着自己的头发，从地面上轻轻地升了起来。

除了杨黎，我还在"非非"里读到了我喜欢的诗人的作品，他们是吉木狼格、小安、尚仲敏和梁晓明。他们的诗歌，也让我看到了"提着自己的头发离开地球"的可能性。

自《非非》创刊之后，我开始仔细阅读蓝马的《前文化导言》，哪怕是一知半解，似是而非，但我自认为进入了一种

"非非"状态，自觉地将自己的写作去靠近那个实施了"语言还原"的"超语义"的诗歌理想。1988年，我写出了带有语言实验色彩的《组诗》，并将它题献给蓝马。

四、关于"第三代"诗人和诗歌

首先，"第三代"诗人这个称谓中的"第三代"不是一个时间顺序词，即：在它的前后，没有"第二代"和"第四代"相关联。"第三代"是针对一批诗人的特定用语，就像"垮掉的一代"一样，是一种意义表述，而非时间表述。

与"朦胧诗"不一样，"第三代"不是他人强加的标签，而是诗人的自我命名。据我所知，最早的命名者应该有这几个人，赵野、廖西、胡冬、万夏、杨黎。1984年，他们在成都相识，然后准备编一本刊物，专门刊发一批出生于60年代，在校或已经毕业的大学生诗人的作品，比如四川的"莽汉"，南京的"他们"，刊名就叫《第三代人》，赵野和杨黎做主编。后来，情况发生变化，万夏扩大了选诗的范围，纳入了以北岛、江河、杨炼为代表的朦胧诗人，以及以柏桦、欧阳江河、翟永明、张枣、钟鸣等为代表的现代派诗人，宋氏兄弟（宋渠、宋炜）、石光华、廖亦武等为代表的史诗派诗人。刊名先是叫《现代主义同盟》，后来更名为《现代诗内部交流资料》。"第三代人"的初衷，只作为杂志中的一个栏目得以体现。这也是基于当时形势的一个妥协，"现代主义"需要一个"同盟"。

"第三代"诗歌的特征在"莽汉"诗歌那里已经开始呈现，

而围绕在《他们》刊物周围的一群诗人，即后来称为"他们"诗派的，如韩东、于坚、丁当、小海、于小韦等人的创作实践，也为"第三代"诗歌的形成奠定了基础，特别是韩东提出的"诗到语言为止"，于坚主张的"反对修辞"，以及"口语化"写作，更在诗学上为"第三代"诗歌划出了边界，增加了"第三代"诗歌的可识别性，较之于"莽汉"的"为打铁匠、大脚农妇写诗"的口号更具体。而这时候的杨黎，"非非"还没有出现，他的诗歌理念及其趣味是倾向于韩东、于坚等"他们"诗人的，尽管他也是"莽汉"的好朋友，甚至还写过有点"莽汉"的诗歌。直到1985年，杨黎参与了周伦佑发起的"非非主义"诗歌运动，杨黎才有了"非非"诗人的标签。但在他的内心深处，是不认同（或者说不完全认同）周伦佑的"非非"主张的。"当时我在非非里没有真正的朋友"，这是他后来在谈起自己当年加入"非非"时说的话。他还是倾向于"他们"。也因此，从一开始，他就力图在"非非"的格局里建立自己的诗学体系，这一体系得到了"非非"理论家蓝马的认同，也与"他们"诗派形成呼应。其核心理念就是"言之无物"，即后来的"废话"理论。

但"非非"的出现，无疑为"第三代"诗歌的成型和成熟起到了推波助澜的作用。1988年，周伦佑写出了《第三代诗论》，首次系统地提出并论证了"第三代"诗歌的概念，即："反崇高、反文化、反价值"的"三反"理论。而以杨黎为代表的"非非"诗歌，自然扩大了"第三代"诗人的阵营，增加了"第三代"诗歌的实力。自此,"第三代"诗歌的版图,囊括了当时主要的几个诗歌流派:"非非"诗派、"他们"诗派、"莽汉"诗派、"大学生"诗派、"撒娇"诗派等。后来有学者把凡是参加了1986年《诗歌报》和《深圳青年报》举办的"现代诗群体大展"的诗人都归为"第三代"诗人,是不准确的。比如海子和西川,柏桦、欧阳江河和翟永明,他们的诗歌并不具备"三反"的特征,恰恰相反,比如海子,他是追求崇高、迷恋文化、肯定价值的。事实上,他们自己也并不承认自己是"第三代"诗人。他们每个人都有不同于"第三代"的诗歌主张(比如西川是坚决反对"口语化"写作的)。

五、未完成的"先锋"

前面,我用大量的篇幅,叙述了我在20世纪80年代的文学经历(主要是以"第三代"命名的先锋诗歌运动),介绍了"第三代"先锋诗歌运动的几个重要流派,引用了一些诗人的代表作品,为大家交代了一个有关中国当代文学的基本背景(或者叫一个"侧面"),那么,现在我可以进入到此次演讲的主题了——未完成的"先锋"。

20世纪80年代,在思想上,是一个开放的时代,在文学上,是一个先锋的时代。思想的开放,不是说那个时代就没有对思想的压制,而是人们在压制中,愿意去思考,有追求新思想的欲望。文学的先锋,也不是说那个时代旧的文学观念和形式就彻底退出了舞台,而是一批新的诗人和作家,愿意去打破传统，有创新的勇气。以"第三代"诗人为代表的先锋诗人们，彻底挣脱了文学服务于政治，即"文以载道"的工具论束缚，让诗歌回到诗歌本身，以空前的想象力和创造力，尝试着不同的艺术表现形式，从而刷新了现代汉语语言。用李亚伟的话说就是，"现代汉语的成熟，从'第三代'诗歌开始"。可以说，由于"第三代"诗歌的出现，旧的诗学体系遭到了毁灭性的打击，审美标准也随之而改变，陈词滥调的诗歌受到了广大读者，尤其是青年读者的抛弃。

那么，在这个先锋的时代，小说的情又如何呢？

1986年，《收获》杂志开始连续、集中地刊发一批实验性小说，将马原、莫言、苏童、余华、北村、孙甘露、格非、洪峰、扎西达娃、色波、残雪、皮皮等青年作家推向了文坛，他们的作品被评论界冠名为"先锋小说"，以他们为代表的一批青年作家被称为"先锋作家群"。《收获》杂志之外，《人民文学》杂志推出了刘索拉、徐星；《十月》杂志推出了朱亚宁。

这批先锋小说家受到卡夫卡、博尔赫斯、马尔克斯以及卡尔维诺的影响，强调小说的虚构性，以不确定的叙述，超文本的结构，表现出对客观世界（真实与非真实）的怀疑，对意义（主题及价值）的消解。从精神取向上，可以说"先锋小说"与"第三代"诗歌是一脉相承、意气相通的。马原、扎西达娃、色波当时生活在西藏，他们选取的小说题材，也都与西藏这块土地有关，因此，他们的身上还有一个标签，即"西藏魔幻现实主义作家群"，这标签一看就知道，来源于以马尔克斯、博尔赫斯、卡彭铁尔和鲁尔福为代表的拉美魔幻现实主义文学。事实上，他们也的确是在拉美文学的刺激下，结合西藏这块神秘的土地，而开始自己的文学实验的。马原的《冈底斯的诱惑》《虚构》，扎西达娃的《系在皮绳扣上的魂》，色波的《圆形日子》《在这里上船》，均在现实与非现实之间，构筑自己的叙述文本。余华、莫言、苏童、格非、孙甘露等，他们没有西藏这块天然的神秘土地为依托，便在中国的历史（主要是民国历史和"文革"历史）中寻找叙事的支点，拉开与现实的距离，以获取叙述语言的形式空间。如莫言的《红高粱》、苏童的《一九三四年的逃亡》、格非的《谜舟》、孙甘露的《信使之函》、余华的《十八岁出门远行》。这其中，残雪的小说与马原和莫言们都不太一样，她写的似乎是当代现实的人物和故事，但故事的形态却又与现实有着极大的距离，如同梦幻，而这种梦幻又与"魔幻现实主义"不同，没有涵盖宇宙和历史的宏大叙事，而是极其个人化、主观化的臆想和独白。

那个时代，不仅年轻作家，老一辈作家，如王蒙、李陀、高行健，也在尝试着新的小说表现形式。只是，他们受到旧的文学观念的影响太深，实验中不免露出旧时代的底色，显得不是那样纯粹，被一些批评者讽刺为"伪先锋"。不过，这也表明了"先锋"在那个时代已趋向于主流，现实主义小说已经退居到批评家的焦点之外，能够引起人们议论的已经不是小说的题材，即你写了什么，而是你的表现形式，即你怎么写的。

但是，1989年，先锋文学的实验步伐中断了。如果说，这时候的先锋诗人和先锋作家还没完全放弃自己的文学理想，还在惯性似的做着自己的文学实验，那么，1992年，邓小平南方谈话，开启了中国市场经济时代的到来，先锋文学便彻底失去了其发展的时间和空间，真正终结为一段仅供回忆的历史。为了生计，诗人们纷纷"下海"，如"非非"几位代表诗人合伙创办了广告公司，"莽汉"诗人集体做起了书商。小说家们也与在大众阅读趣味面前做出妥协，写起了更现实或更有故事性的畅销书，如余华的《活着》《许三观卖血记》，莫言的《丰乳肥臀》，皮皮的《渴望激情》，就是这种转型之作的代表。他们与之前就以现实主义和浪漫主义创作原则为旨归的作家合流，共同瓜分着市场经济下的大众阅读市场。

值得一提的是"他们"诗群，在90年代他们不仅没有散伙，还吸纳了新的成员，如朱文、吴晨俊、金海曙、鲁羊、李冯等。但是，他们这时候的创作重心，已由诗歌转向了小说。他们的小说并不以"先锋"为标榜，但实质上，其文学趣味和价值观都是与当时的文学氛围相抵触和背离的。终于，到了90年代末，他们发起了一场以"断裂"命名的"文学起义"。

我认为，"断裂"是先锋诗人（韩东、朱文此时虽有了小说家的身份，但本质上仍是诗人）对现存文学体制发动的一次"自杀式"袭击。其结果是，那个体制，韩东所称的"庞然大物"，依然庞大，并没有轰然倒下，而是继续无所不为，无所不能地支配着体制与市场的运转。发起和参与"断裂"的人，则被体制彻底拒绝，包括一些昔日的朋友，也因为自身的利益所在，不愿意"自杀"，而与之决裂，至少是避而远之。如吴晨俊，他是朱文和韩东的朋友，"他们"诗派后期成员，但他拒绝回答"断裂"问卷，也就是表明了不参与的姿态。再比如前面提到的《收获》杂志编辑程永新，他发表过韩东、朱文、李冯等人的作品，但因为后者在"断裂"问卷里将《收获》杂志也视为"腐朽"之列，而断绝了与他们的交往，这也意味着，不再发表他们的作品。

在90年代末，还有一次事件值得一提，那就是1999年，在北京平谷县盘峰宾馆举行的一次诗歌研讨会，参会的诗人因所持立场不同，分化成"知识分子"与"民间"两派，彼此发生了激烈的争吵，史称"盘峰论争"。

这次论证被人称为"自朦胧诗创作讨论以来，中国诗坛关于诗歌发展方向的一次最大的论争"，也是"前网络时代最后一次诗歌论争"。争论的起因是程光炜主编的一本诗选，《岁月的遗照》。"民间"一派认为，《岁月的遗照》这部诗选遗漏了很多重要的先锋诗人，就算选入于坚、韩东，也只分别选了他们的两首小诗，处于边缘地位。这是有意的忽略和排斥，是想以少部分主张"知识分子写作"的诗人"一统江湖"，建立新的诗歌体制。看起来是话语权之争，或者如有的媒体直白宣示的，是权力之争。但实质上，在我看来，还是"诗学"观念之争。

平心而论，无论是以欧阳江河、西川、臧棣等为代表的"知识分子"一方，还是以于坚、伊沙、沈浩波等为代表的

"民间"一方，按80年代的观念划分，都是属于"先锋"阵营的。正如会上诗评家沈奇在发言中提醒大家的："人群之外还有一个人群，房子之外还有一所房子。"意思是，真正的"敌人"不在现场。但是，作为同属"先锋"的"知识分子"和"民间"均未理会这一提醒，他们真的是水火不容、势不两立了。许多没有到会的诗人，也先后卷入了这场论争，如"他们"的韩东，"莽汉"的李亚伟，前"非非"的杨黎、吉木狼格等，均站在了"民间"一方。

如果把"盘峰论争"看成先锋诗人继"断裂"之后的又一次"起义"，那么，这次"起义"的结果显得要比"断裂"好很多，其原因有多种多样，但我觉得，最重要的原因，一是有了伊沙、沈浩波、徐江等新生力量的加入，他们的行动能力支撑和感染了于坚、韩东、杨黎等"老一代"诗人（虽然他们在80年代也曾有过那样的激情；二是时运相济，恰逢互联网这个新生事物在中国获得普及，"民间"一派率先利用网络（伊沙、沈浩波、南人主持的"诗江湖"网和韩东、杨黎、乌青主持的"橡皮"网），扩大了"民间"立场的影响，吸引了更多的青年开始了"断裂"似的"先锋"写作。

但这场依托互联网而兴起的"先锋"运动，依然像80年代的"先锋"运动一样，在将要深入的时候而中断（活跃的时间近一两年）。原因其实很简单，跟80年代的"先锋终结"一样，体制与市场的双重合谋，以及诗人们在现实面前的自我分化（利弊选择），"网络文学"排除了"先锋"诗歌的存在价值，被更加通俗和媚俗的大众文学取代，被点击率和畅销取代。一批在网络上开始写作的"先锋"诗人，如乌青、竖、张羞等，又退回到晦暗之中，继续着他们不合时宜的"小众化"生存，写诗成为一件自娱自乐的事情。

（该文为作者在索菲亚大学孔子学院的演讲稿。）